転生したら殺人犯に恋人宣言されました

Nana Matsuyuki
松雪奈々

CHARADE BUNKO

Illustration

笹原亜美

CONTENTS

一

昔、とある恋愛映画を観《み》た。

素性もわからぬ相手にひと目で恋に落ちるが、じつは互いに敵国のスパイで、結局破局するというシナリオだ。

観た当時は、素性もわからぬ相手に恋するなんて、自分だったらありえないと思った。見た目が好みのタイプだと思っても、人柄がわからなければ恋はできないと思っていた。

それなのにまさか自分が。よく知らない相手に、それもスパイどころか自分を殺す殺人犯に恋をするなんて、そのときは夢にも思わなかった。


まぶたを開けると、悲愴《ひそう》感漂う暗い顔をした外国人の青年に覗《のぞ》き込まれていた。

死神に出会ったかのように青ざめている。息を詰め、緊迫感を滲《にじ》ませているため、かろうじて彼自身が死神には見えない。

亜麻色の髪の下にある凛々《りり》しい眉のあいだにはしわが寄り、青い瞳は必死な色を浮かべて俺を見つめている。高い鼻梁《びりょう》にシャープな輪郭、意思の強そうな大きな口。それらが絶妙なバランスで配置されているその顔は明らかに俺好みのイケメンで、なおかつ見覚えがあったが、それが誰か、頭に霧がかかったようにぼんやりしていて思いだせない。

「シリル。だいじょうぶか」

心配そうに話しかけられ、困惑した。

周囲へ目をむけると、吹き抜けの広い空間に装飾過多な壁。中央には曲線的な階段。クラシックな洋館の玄関ホールに見える。俺は階段のそばの床に寝転んでいた。

見覚えのない場所だった。

動こうとしたら後頭部に痛みを覚えたため、手で押さえながらそろりと上体を起こす。髪の長さや触感になんとなく違和感を覚えつつ、もういちど暗いイケメンを見た。

表情は暗いが知的でノーブルな雰囲気で、二十代なかばくらいだろうか。アフガンハウンドやボルゾイのような犬種が頭に浮かんだのは、彼の顔立ちがシャープで小顔のせいか。イギリス系の顔立ちだと思う。見るからに上質そうなベストとシャツ、ズボンを身に着けている。上質そうに見えるのは生地の質感はもちろんだが、身体《からだ》にフィットしているからだろうなと、現状、どうでもいいことを思う。

「あの。ここって……どこ、ですか」

尋ねたら、イケメンが怪訝《けげん》そうな顔をした。

「シリル？」

シリル。先ほどもそう呼びかけられたが、その単語に聞き覚えがなかった。

なにかの名称か、外国語かも判別がつかない。

俺の質問に対する答えとしては、文脈的におかしいことだけはわかるが。

「シリルって……？　ここは——」

途中で言葉が途切れた。

イケメンの後方の壁に大きな姿見があり、そこに映る青年と目があったためだ。

茶髪に茶色の瞳の外国人。すっきりした顔立ちで、明るく爽やかな雰囲気の青年。年齢はイケメンとおなじくらいに見える。服装はセーターとズボンと革靴。

この場にいるのはイケメンと俺のふたりきり。鏡の真正面から視線があう。ということはつまり、青年は自分自身のはずなのだが、おかしなことにその顔に見覚えがない。

立ちあがって鏡に近づいていくと、鏡の中の青年もおなじように動く。鏡の前まで来てその表面に触れると、鏡の中の手と重なる。

やはり自分らしい。しかし。

「なんで……？」

にわかに受け入れられることではなかった。

自分は平凡な日本男子だったはずなのだ。瞳の色は変わりないが、黒髪だったし、こんな顔立ちではなかったはず。こんなに肩幅が広くなかったはず。こんなに脚が長くなかったはず。

どうして。いったいなにがどうなっているのか。

混乱と不安で、手足が震えだす。

「どうしたんだ」

イケメンも立ちあがり、俺の様子を窺《うかが》いながら近づいてくる。たしかに見覚えはあるが誰かわからない。対する相手は面識がある様子で親しげに話しかけてくる。そんな状況に不安を覚えつつ、俺は振り返った。

体格にそれほど差はないが、彼のほうがすこしだけ背が高いようだ。

「あなたは、誰ですか」

とまどいながらストレートに尋ねると、イケメンが驚いたように固まった。それとほぼ同時に玄関扉が開き、ふたりの外国人が慌ただしく入ってきた。ひとりは二十代後半の眼鏡《めがね》をかけた男でスーツを着ている。もうひとりは恰幅《かっぷく》のいい中年男。

「シリル様、お目覚めになられたのですね」

眼鏡の男が俺を見てほっとしたように言う。それにイケメンがかぶせるように言った。

「だが様子がおかしい。すぐに診察を」

恰幅のいい男は医師とのことで、ホール横にある応接室に連れていかれた。俺と医師がむかいあってすわり、俺の横にイケメンが立ち、戸口に眼鏡の男が立つ。診察の結果、記憶障害という診断が下った。いわゆる記憶喪失だ。

イケメンと医師の説明によると、ここは某王国の首都にある俺の屋敷で、俺の名はシリル・マクノートン。今年二十五歳で、貴族院議員をしている伯爵らしい。

俺はイケメンと二階の自室にいたんだが、俺だけ部屋を出て、階段を下りる途中で足を踏み外して頭を打って気を失った。眼鏡の男は我が家の執事でハーマンという名だそうだが、そのハーマンが医師を呼びに行っているあいだに目覚めた俺は、シリル・マクノートンとして生きてきた記憶のすべてを忘れていた――ということのようだ。

まったくピンとこない。

シリルとしての記憶は微塵《みじん》もない。その代わり、日本人だった記憶があるのだ。ふつうの大学生で、ゲームオタクの姉と妹がいた。

それから、目覚めたときからイケメンに見覚えがあったが、診察を受けているうちにぼんやりしていた頭が働きはじめたようで、彼をどこで見たか思いだした。

それは姉と妹が家庭用ゲーム機でプレイしていた推理ゲームだった。

「マロン探偵」というシリーズのひとつで、舞台は十九世紀末頃のヨーロッパ風世界。ある若い伯爵が自宅で殺害される事件が発生し、容疑者たちのアリバイやトリックを、栗《くり》っぽい顔をした探偵が解明していくという内容なのだが、その殺人犯の顔が、このイケメンと瓜《うり》ふたつだったのだ。俺はゲームをプレイしていないが、姉妹がリビングのテレビでゲームをしていて、しばしば騒いでいたから、おのずと目に入ってきた。

モニター越しに彼を見た瞬間、正直、タイプだと思った。殺人犯にするにはもったいないと思うほど格好よくて色気のある、印象的なキャラクターだった。

でもそれはあくまでもゲームであり、二次元のキャラクターである。まさか現実にいるわけがない。

いるわけがないのだ。

だが、もしいたとしたら、それはどういうことか。

覚えていることはないかと医師に訊《き》かれ、まさかそんなわけはないと思いつつ、俺は試しに尋ねてみた。

「マロン探偵って、ご存じですか？　栗みたいな顔をした」

「ほう。彼のことは覚えているのですな」

医師は知っていた。まじか。

「ゲームをご存じですか」

「ゲーム？　なんのことですかな。アッカーソン街に事務所を構える、名探偵のマロンでしょう。たしかに栗みたいな顔をしてらっしゃるし、彼の推理は百発百中と有名ですな。

つい先日も宝石泥棒を捕まえるのに警察に協力したと、新聞に載っておりましたな」

「存在、しているんですか」

「もちろん。ねえ、署長」

医師は署長と呼びかけながら俺の横にいるイケメンを見あげた。

「彼はトンドン市警の若き署長なんですよ」

俺も見あげると、イケメンの青い瞳とぶつかった。

いるわけがない。そう思いながら俺は口を開いた。

「あなたの名前を伺っても？」

尋ねると、彼はショックを受けたように一瞬顔をこわばらせ、それから眉間にしわを寄せ、口角を下げ、なんとも言いがたい表情をした。

「なにか」

「いや……。ジュード・ウィバリー。おまえとおなじ二十五歳だ」

ジュード。そうだ。殺人犯はそんな名前だった。先にクリアした妹が、まだプレイ途中の姉に犯人はジュードだとばらしてしまって、大喧嘩《おおげんか》していた覚えがある。ゲーム内で、マロン探偵に署長と呼ばれていた覚えもある。二十五歳という字幕も目にした。

殺人犯であり市警の署長でもある人物がなぜここにいるのか。尋ねようとしたとき、俺はアッと声をあげそうになった。

もうひとつ、思いだしたことがある。

ゲーム冒頭で殺された若い伯爵は、シリルという名前ではなかったか。探偵がよく口にしていたし、姉妹の会話でも度々耳にした気がする。

シリル。二十五歳の若き伯爵。それが俺だと、先ほど教わった。

ゲームの被害者も、俺も、シリルという名の伯爵。

まじか……。

俺は頭を抱えた。

これはどういうことだ。

ここは、ゲームの世界なのか？

日本人のふつうの男がゲームの世界に転生したという漫画やラノベが存在することは知っているが、あれか？　あれなのか？

ということは、日本の記憶は前世のものか。そういえば大学生最後の夏、高熱で病院に運ばれてからの記憶がない。日本人だった俺はそこで一生を終え、ゲームの世界に転生したということだろうか。

頭を打った拍子に現世の記憶を忘れ、代わりに前世の記憶を思いだしたのか、それとも元々前世の記憶を持っていて、現世の記憶だけを忘れたのか、その辺のことはわからないが。

でも、つまり。

ジュードは殺人犯。俺は被害者。

俺が生きているということは、まだ事件は発生していないわけだが、このままいくと俺はジュードに殺される運命にあるようだ。

ほかに覚えていることはないかと医師に訊かれたが、日本の記憶やゲームのことは、いまここで打ち明けたらややこしいことになりそうなので黙っていた。

「記憶はすぐに戻るか、それとも一生戻らないか、人それぞれですのでわかりませんが、無理のない範囲で、これまでとおなじ生活をするよう心掛けてください」

医師がそう言って退室し、執事のハーマンが見送りに部屋を出る。俺はその場で立ちあがって見送ったあと、横に立つイケメンに目をむけた。

彼は渋面を作って俺を見つめていた。初めに見たときよりもさらに悲愴感を漂わせた暗い顔をしている。

死の淵《ふち》に立つ絶望した男の様相そのものだ。ゲーム上でも彼は常にしかめ面だったのでそういう男なのだろうが、それにしてもテレビモニターで見るより実物はずっと格好いい。暗く影のある表情に色気があり、モニター越しとは違う、生々しい色気と存在感に圧倒される心地すら覚える。事情が許すならいつまでも眺めていたいが、暢気《のんき》に見惚《みと》れている場合ではない。

この男は殺人犯である。

俺は姉妹がゲームをしているのを横目で眺め、その会話を聞きかじっただけだから、具体的にいつ、どんな理由で殺されるのかわからない。現状、どんな関係かも知らない。

殺意を抱かれるとは尋常ではない。それほど恨まれるようなことを俺がいずれするのか。それともすでに恨まれているのか。

どう接していったらいいものか。

「シリル」

彼の手が俺の肩に触れようと伸びてきた。が、触れる前に遠慮したようにこぶしを握り、元の位置へ戻っていった。

「おまえ、本当に俺のことを忘れたのか」

ジュードが声を絞りだすように尋ねてきた。

「本当になにひとつ、覚えてないのか？」

彼のまなざしが、俺の記憶を探すように、俺の瞳を凝視する。

「さっき、話していたことも？」

「さっき、って」

「転ぶ前の話だ」

医師の問いにまったく答えられない俺の様子をずっと横で見ていたのに、そんなふうに改めて確認してくるのは、彼も動揺しているのか、受け入れられないのか。

「ごめんなさい」

ほかに言いようがなく謝罪の言葉を言っておく。すると彼の顔が泣きそうにゆがんだ。

「おまえさ」

言葉にならないように彼は口を噤《つぐ》むと、両手で顔を覆ってその場にしゃがみ込んでしまった。

「くそ」

そんなにショックなのだろうか。

俺は膝をつき、尋ねた。

「俺とあなたは、どういった関係なんですか」

彼がわずかに顔をあげた。両手は口元を覆ったまま、なにか言いたそうに、だが言葉が見つからないといった様子で、数秒、無言で俺を見つめる。俺の質問に傷ついたような、責めるような目つき。

「な、なに?」

とまどっていると、視線を外された。彼が俺の肩の辺りを見つめながら、ぼそりとひと言。

「恋人だ」

「は？」

ジュードが顔をしかめる。

「記憶がないくせに、そんな嫌そうな顔するなよ。へこむだろ」

意表をつかれて、変な顔をしてしまったようだ。

「……冗談？」

「俺はおまえに嘘《うそ》はつかない」

そう言われても。

ゲームではＢＬ要素はなかったはずだ。もし俺たちの関係が恋人だったら、ＢＬ好きだった妹が黙っていない。「二次創作があればいいのに。あるかな」などと呟《つぶや》いていたような覚えがあるが、公式でＢＬ要素があったらそんな発言は出ないはずで、だからありえない。

それに俺は知っている。記憶喪失の主人公に自分から恋人だと名乗るやつは絶対恋人ではない。小説やドラマのセオリーだ。

なにか裏があって恋人だと嘘をついたとしか思えない。なにしろ相手は未来の殺人犯なのだから。

「それから『あなた』じゃなくて『おまえ』でいい。遠慮するような仲じゃない。もっと砕けた話し方をしてくれ」

ぶっきらぼうな感じでそう言うと、彼は立ちあがった。それから俺の前で手を差しだす。

「ん」

「はい？」

意味がわからずきょとんとして見あげると、彼は俺の腕をつかんで引きあげた。手をだせということだったようだ。大きくて、武骨な手。さわられることに、なぜかちょっとどきりとする。

「すわって話そう」

先ほどまで医師がすわっていた椅子にジュードがすわり、俺も椅子に腰を下ろした。

真正面から見つめられる。青い瞳は灰色がかっていて、ミステリアスな色気がある。いちど目があうとそらせなくなり、吸い込まれそうな感覚に陥った。にわかに胸がさざ波立つ。

「頭、打った場所はだいじょうぶか。まだ痛むのか」

医師に診察されたときに、痛むと申告したのだった。ちょっと瘤《こぶ》になっているが重傷ではない。

「痛いといえばまだ痛いけど、たいしたことはないですね」

「気分が悪くなったら言えよ。横になったほうがいいか？」

「だいじょうぶです」

「そうか」

「ありがとうございます」

「なにが」

「いや、心配してくれて」

かすかに微笑《ほほえ》んでそう言った。俺は元来愛想のいい男だ。殺される寸前でも「おいおい待てよ落ち着こうぜ」とか言いながらへらへらしそうなやつだから、混乱した状況だろうと相手が未来の殺人犯だろうと愛想笑いなど朝飯前だ。いまのは素直に素朴に、ありがとうの笑みが零《こぼ》れただけで他意はない。そんな俺の表情を目にした彼が、顔をしかめた。その耳が赤くなる。

「そんなの、べつに。頭の怪我《けが》はな、だいじょうぶと思っても、のちのち後遺症が出ることもあるし。しばらくは慎重に動けよ」

愛想はない。相変わらず鬱々と暗い顔で、にこりともしない。だがこちらを気遣った物言いをしてくれる。未来の殺人犯だと知らなかったら、なんのためらいもなく心を開いていただろう。

それにしても綺麗《きれい》な瞳だ。暗さはあるが温かい感じがする。

見つめ続けていたら、彼は困ったように髪を掻《か》きあげ、横をむいた。初心《うぶ》で照れ屋な中学生みたいな態度だった。

「調子くるうな。そんなに見るな」

「すみません」

「だから、俺にはかしこまらなくていいんだって」

かしこまっているつもりはないのだが、現世の記憶のない俺にとってジュードは初対面で年上の相手だ。いきなりフランクな言葉遣いをするのは抵抗がある。

前世は一般家庭育ちで、特別品よく育ったわけではない。だが小中学生の頃野球チームに所属しており、そこで言葉遣いやあいさつをきちんとするように徹底して叩《たた》き込まれた。成長してからもそれが身体に染みついている。

とはいえ相手も居心地の悪い思いをしているようなので気をつけたほうがいいのか。恋人はさておき、おない年とのことだし友人のように話せばいいだろうか。

これまであまり意識したことはなかったが、相手をどう思っているのか、ちょっとした言葉のチョイスで表れるものだなと思う。

彼はガシガシと自分の頭を掻きむしるような仕草をすると、横目で俺を見た。

「なにか、訊きたいことはないか」

訊きたいことはたくさんある。なんでもいいから情報がほしいが、なにより殺される理由が知りたい。

「俺は、ジュードから見てどんな男でした？」

　相手の希望通りタメ口を使おうと思うのだが、やはり丁寧さが抜けない。ジュードが眉を寄せて俺を見て、諦めたように息をついた。それから考えるような間を置いて答える。

「いつも笑っていて、気さくで、仲間に囲まれてて、それから――可愛《かわい》い」

　彼は最後のセリフをぼそっと言うと、頬を赤くした。

「可愛い？」

「あと……いや、なんでもない」

「なんです。言いかけたなら言ってください」

「……。エロい。身体も、仕草も」

「…………」

「おい、引くなよ。おまえが言わせたんだろうが」

　赤い顔で怒られた。

「いや、だって。そんなことを言われるとは」

「恋人相手に可愛いと言ってなにが悪い」

「…………」

「だから引くなって」

「記憶をなくした相手にいきなりエロいとか言うのはどうかと思う」

「だから俺だってそう思って言うのをやめたんだろうが。それをおまえが言わせるから

「……っ」

鏡で見た感じだと、俺は可愛いという感じの男ではなかった。顔は整っているほうだと思うが、綺麗というより男前。完全に男性的な造りだ。体型も、けっこうしっかり筋肉がついている。

本気で言っているのだろうか。

そうは思いつつも、タイプだと思っていた相手から可愛いと言われ、不覚にもどぎまぎしてしまう。

黙っていると、彼が困ったように頭を掻き、息をつく。

「なあ」

遠慮がちに尋ねてきた。

「転ぶ直前の記憶、思いだしそうにないか？」

俺は首を振った。

「まったく」

「ほんのすこしも？　考えてたこととか、見たものとか」

縋《すが》るような言いかたをされ、俺は首をかしげて彼を見た。

ついさっきもおなじことを訊かれた。よほど大事な話をしていたのだろうか。

「悪いけど、全然覚えてなくて。なにかあったんですか？」

「あったっていうか」

「転ぶ前、俺たちは二階の俺の部屋にいたんでしょう。なんの話をしていたんです？」

「それは……」

彼はなにか言いたそうな顔をしつつ、黙り込んだ。かと思うと恨めしそうに言う。

「どうしておまえ、俺のことは忘れてるのにマロンのことは覚えてるんだ」

「そう言われても」

「依頼でもしていたのか」

「わからないですけど。なんとなく、ぼんやり頭に浮かんだだけで」

探偵のことはシリルの記憶ではなく前世の記憶だとも言えず、適当に濁す。

「そうか」

彼はどこか寂しそうに呟き、ため息をついた。

「すまない。ため息なんてついて。こんな態度は、おまえに負担をかけるよな。記憶がないなんて不安だろう」

自覚はあるらしい。

「ええ。でもジュードの気持ちもなんとなくわかります」

本当のところ俺たちがどんな関係かわからないが、直前まで一緒にいて会話をしていた相手が突然記憶を失ったりしたら、誰だって困惑するだろう。

記憶を失った俺は当然不安だらけだが、とまどっているのは俺だけではない。

かるく笑って肩をすくめてみせた。

「シリル」

ジュードがなにか言いかけた。しかしそのとき応接室の扉が開き、医師を見送っていたハーマンが戻ってきた。眼鏡の奥のまなざしが冷ややかにジュードを見る。

「おや、署長。まだいらしたのですか」

「まだって。記憶喪失のこいつをひとりにできないだろうが」

「おっしゃる通りでございます。お気遣い感謝いたします。ではわたくしも戻りましたので、どうぞお引き取りくださいませ」

ハーマンはにこりともせず出口を指し示す。

「我が主人は頭を打ち、記憶障害を患い、心身ともに苦痛を抱えておられます。休息が必要と思われますので、ひとまずお引き取りを」

重ねて告げられて、ジュードは苦虫を嚙《か》み潰したような顔をした。ちらりと俺を見る。なにか言うべきだろうか。迷っているあいだに彼が立ちあがった。

「明日また来る。帽子と上着を二階の部屋に置いてきたんだが」

「わたくしがお持ちいたします」

ハーマンが言うのにあわせて俺も立ちあがり、ジュードのあとに続いて応接室を出る。

玄関ホールでジュードを見送ったのち、俺は姿勢よくとなりに立つハーマンへ目をむけた。感情の読めない、ツンとすました表情。

「なぜ、追い返したんです？」

「いま言った通りの理由です」

それだけが理由とも思えず、首をかしげて見つめると、彼がわずかに片眉をあげて言葉を続けた。

「あの方の生家であるウィバリー家と、シリル様のマクノートン家は昔から政治的派閥が敵対する間柄でございます。シリル様もあの方とは親しい仲ではなかったはずなのですが、今日、初めてお屋敷へ連れてこられまして。どのようなご用件でお連れになったのか存じあげませんが、二階へ上がられる際のおふたりのご様子が、どうにもぎこちないというか不自然といいますか。なんらかの密談、交渉をするものと思われました。しかしシリル様はお記憶をなくされた。その状態で彼との談話を続けるのは危険ではないかと判断いたしました」

「俺と彼は、仲良くなかった？」

「はい」

そうだよなと思う。なにしろ殺されるのだから。

黙った俺に、ハーマンが目を光らせる。

「なにを言われましたか」

「俺たちは恋人だったと言われた」

「ありえませんね」

即答された。

「恋人どころか友人でもないはずです。シリル様が覚えていないことをいいことに、うまく丸め込み、交渉を有利に進めるためにそのような嘘をついたと思われます」

やはりそうかと思う。未来の殺人犯よりも執事のほうが言葉に信憑性《しんぴょうせい》があった。

「シリル様が階段から落ちたとき、わたくしは地下におりましたので目撃しておりません。署長は、シリル様はひとりで階下へむかい、ご自身は部屋にいたとおっしゃいましたが、本当のところは署長以外誰も知りません。署長がシリル様を突き飛ばした可能性もございます」

彼が突き飛ばした。

証拠はないが、ありえるかもしれない。

俺は頷《うなず》き、腕を組んだ。まずは情報収集だ。それをしないとはじまらない。

「なにもわからないのでいろいろ教えてほしいんですが、ハーマンはこの家の執事をしてどれくらいですか」

「父から継いで八年になります。それ以前も幼い頃からシリル様とは親しくさせていただいておりましたから、なんでもお尋ねください」

とのことで遠慮なく質問させてもらった。

ハーマンの話によると、俺の両親は他界している。母は幼い頃、父は昨年、それぞれ病気で。それから二歳下の弟がひとりいる。名前はエドワード。軍に所属しており、宿舎住まいなので屋敷に帰ってくることは滅多にないらしい。

俺は貴族院議員という職に就いているが、週に数回顔をだせばいいようで、余暇は友人とテニスに乗馬、クリケット、カードクラブ、オペラ鑑賞などなど、優雅に過ごしていたようだ。

屋敷はけっこうな広さがあるが、俺とハーマンのふたりで暮らしている。敷地内の別棟に御者と使用人がおり、そのほかに通いのメイドがいる。

「恋人ですか？　わたくしが存じあげなかっただけかもしれませんが、ご婦人のお相手よりも、ご友人方とお過ごしになるほうが楽しかったようですね」

恋人については、そんな返事が返ってきた。

ジュードについて訊くと、彼はウィバリー伯爵家の次男で、十代の頃は俺とおなじ寄宿学校に通っていたらしい。

この国の貴族制度では爵位も財産もすべて長男が受け継ぐ。そのため次男以下は聖職者や軍人のほか、市井の仕事に就く者もめずらしくないそうだ。

ジュードが二十五歳という若さで署長という役職に就いていることに関しては、これも貴族の特権と慣習で、特別なことでもないらしい。

俺やジュードの基本情報を聞き終えたあとは、屋敷の中を案内してもらい、いつも何時に起きていたとかハーマンを呼ぶときの呼び鈴の置き場とか、日常生活の細々したことを教わった。

「ちなみにわたくしの勤務形態は七時から十一時、十五時から十九時でございます。それ以外の時間に御用をお申しつけの場合、超過料金をいただきますのでお知りおきくださいませ」

ハーマンが神経質そうに懐中時計を確認しながら言う。

「また、わたくしの部屋は応接室の横ですが、そこにいない場合は地下にいることが多いです」

「地下？」

ハーマンが眼鏡の蔓《つる》を直しながら頷く。

「写真撮影が趣味でして。地下の部屋を、現像室としてお借りしております」

「そうですか……」

「ところでシリル様。その話し方はおやめくださいませ。伯爵家当主であるお方が、執事にそんな話し方をしてはいけません。記憶喪失といえどもあなたは伯爵。例外はございません」

また喋《しゃべ》り方か。

「そう言われてもですね」

伯爵だって、執事に丁寧に喋る人はいると思うのだが。

「そう言われても、ではありません。わかった、でよろしいのです。ですが、ではなく、だが。ですね、ではなく、そうだ。よろしいですか？」

「わか……った」

ハーマンは二十八歳だという。初対面の目上の人にタメ口は気が引けるが、身分が違うということでハーマンも譲らない。ジュードよりも手厳しい。

きっちりしていて、ちょっと癖がある男。そんな印象の執事である。

「このあとはいかがいたしますか。すこし休まれますか」

まだ夕方。動けるうちにできるだけ情報を集めたい。話を聞いているうちになにか思いだすかもしれない。

「いや。ほかの人からもいろいろ聞いてみたい。俺の友人を知っていま……、いるか？　できるだけ親しい相手がいいんだが」

「わかりました。少々お待ちくださいませ」

ハーマンが若い使用人を呼び、なにか言付けた。使用人が出かけているあいだに、俺は身支度を促された。ひとりで自室へ行きクローゼットを開けると、日本では袖を通したこともないモーニングコートやタキシードなど、様々な形のジャケットやズボンが整然と並んでいて、伯爵の記憶が抜け落ちている俺はなにを選ぶべきかわからない。呼び鈴を鳴らしてハーマンを呼ぶ。

「ご友人とお会いになるだけですから、ジャケットはカジュアルなものでよろしいでしょう。外出の際はいついかなる場合も帽子と手袋を忘れずに」

見繕ってもらったジャケットにコート、帽子をかぶり、手袋を嵌《は》め、支度が完了したところで使用人が戻ってきた。

使用人に渡された手紙にハーマンが目を通す。

「バーナード様がご在宅ですね。行きましょう」

促され、ハーマンと屋敷を出た。

外は雪が降ってもおかしくないほど冷え込んでいた。季節は真冬らしい。

馬車に乗り込み、車窓から外を眺めると、屋敷前の広い道路には街路樹があり、四輪馬車が数台走っている。

ゲームはシャーロックホームズの舞台を模したような世界観だったが、あくまでも娯楽ゲームであり、現代日本的な文化や価値観も入り混じった作品だった。単位はヤードポンド法ではなくメートル法。そんないびつな世界に身を置くふしぎを思いつつ景色を眺める。

「いまから行こうとしている友人だけど、連絡はどうなってるんだ」

「先ほど使用人をやって、いまから行くと連絡をとりました。手紙を貰《もら》ってきていましたでしょう。ＯＫとのお返事でした」

「手紙と口頭のやりとり？」

「ええ」

それがなにか？　という顔をされた。

「すぐに戻ってきたってことは、近場なのか」

「はい。馬車で五分とかかりません」

「相手の家が遠かったらどうするんだ？」

「電報を打ちます。数日時間があるようでしたら手紙でも」

携帯どころか電話も一般に普及していない世界であるらしい。いますぐ会いたいという場合は突然出向くしかないのか。それで先方が不在だったら戻ってくるまで待つしかないのか。

俺の知っている世界とはずいぶん勝手が違う。そのうち慣れるのだろうか。いや、慣れる前に殺される可能性もあるか。

そんなことをつらつらと考えながら車窓を眺める。

貴族の住居区域のようで、整然と並ぶ街路樹と生垣ばかりの代わり映えしない景色が続き、ハーマンの言う通り五分で目的地の男爵家に着いた。

友人の名はバーナード。寄宿学校時代からの親友で、一番つるんでいる相手らしい。運よく在宅しており、笑顔で出迎えてくれた。

「やあシリル。執事まで連れてどうしたんだ」

「じつは、記憶がなくなってしまって」

「へ？」

「記憶喪失なんだ。それで、訊きたいことがあるんだ。いいかな」

バーナードは童顔で十代に見えるため、ジュードやハーマンよりもタメ口にしやすい。

「え？　どういうこと？　本当に記憶がないの？」

応接室にて、記憶喪失になった顛末《てんまつ》を簡単に話す。バーナードは目を丸くして聞き入り、ハーマンの口添えもあって素直に信じてくれた。

「へえ〜。そんなこと、本当にあるんだなあ。大変じゃないか」

「それで、きみが俺と親しくしてたって聞いて。訊きたいことがあるんだ」

「きみがきみって。なんだかこそばゆいな。それで、なんだい。なんでも訊いてくれ。言えることならなんでも話すよ」

「俺のこと、知っていることはなんでも教えてほしいんだが。性格とか、交友関係とか」

「んー、そうだな。性格は明るいかな。ノリがいいっていうか軽いっていうか。でも真面《まじ》目《め》なところもあるなあ。って、本人にこんなことを言うの、変な感じだね」

　バーナードは明るく笑う。

「恋人はいなかった?」

「いないね。あの子可愛い、とかよく口にするくせに、いざむこうから迫られると引いちゃってた。交際したこと自体、ないんじゃないかな」

「あの子って、女の子?」

「そりゃそうだよ」

　前世ではゲイだったが、現世の俺はノーマルだったのだろうか。隠していた可能性もあるからわからないが、執事や親友に紹介できる恋人はいなかったようだ。

　恋愛面での情報はそれだけだった。ジュードに恋人だと言われたから、そちらの方面ばかり気にかかる。俺は早々に、もっとも聞きたい話題を口にした。

「ジュード・ウィバリーという男は知ってるか」

「もちろん。彼のことは覚えてるんだ?」

「いや。さっき会ったんだ。どんな男だ? 同級生で警察署長だという話は聞いた」

　親しくないから詳しくないけど、とバーナードが前置きして言う。

「署長としての評判はいいね。お飾りじゃなく、陣頭指揮したりもして。学生の頃から優秀だったから、まあそうだろうなと思うよ。顔がいいからモテたんだけど、みんなの憧れの人もけっこうこっぴどくふってってさ、学生の頃はよくやっかまれてたなあ。無愛想で偏屈そうな感じだけど、取り巻きは多かったたな」

「俺と彼は、仲は良かったか？」

「全然」

一秒の迷いもなく即答された。

「全然？」

「うん。学生の頃は、なんていうかな。仲が悪いとか嫌ってるとかじゃなくて、ライバルとしてお互いに意識しているって感じだったかな。でも卒業してからは接点もないから、話題にものぼらないいし」

「ライバルって、なんのライバル？」

「あらゆることだよ。子供の頃からずっと一緒の学校で、ふたりとも勉強もスポーツもできたから、学年首位を争ってたんだ。彼を中心とした派閥と、きみを中心とした派閥もあって、派閥同士の小競り合いなんかも起きてさ……あ、でも先日、ふたりが一緒に歩いているところを見たって話を聞いたな」

「俺と彼が、ふたりだけで？」

「そうじゃないかな」

「どうしてだろう」

「さあ。僕も又聞きだから、詳しくわからないけど」

「そうか……それじゃあ、その」

聞きにくいが、確認しておきたいのでためらいながらも口にした。

「じつはつきあってた、ということは……ないよな?」

「つきあってたって、誰が? きみとジュードが?」

バーナードは目を丸くし、それから噴きだした。

「ないない。さすがにそれは。誰かにからかわれたの?」

「ないか」

「ないよ。学生時代はふたりが話したり一緒に歩く姿を見たことなんてなかったんだ。だからその目撃談も、めずらしいなって話題にのぼったわけだけど、でもそれだけで交際に発展するなんて飛躍しすぎだ」

「そうか。そうだよな」

「うん。接点がないって言ったけど、元同級生だし、お互い街の有力者だし、そりゃ、偶然顔をあわせて一緒に歩くぐらいのことはあるんじゃないかな。昨年、きみのお父さんの葬儀にも彼、出席していたし。さっき会ったってきみも言ったじゃないか」

執事のハーマンも親友のバーナードも恋人ではないと証言する。ということは、ジュードが嘘をついたということで確定か。

その後、ほかの友人の情報などを聞き、また会う約束をしてバーナード邸をあとにした。

「あ、しまった」

帰りの馬車の中で、聞き忘れたことに気づいて思わず呟いたら、ハーマンが眼鏡を直しながらこちらへ顔をむけた。

「いかがしました」

「まあいいか。ハーマンに聞こう。俺は最近、悩みを言ってなかったか」

殺害に繋《つな》がるヒントがあるかもしれないので知っておきたい。ハーマンが頷く。

「毎日おっしゃっておりましたよ。悩みというか、愚痴ですね。昨年——正確には五か月前からシリル様がマクノートン家の当主になったわけですが、主にそのことですね。お父上様から引き継いだ仕事ですとか財産管理ですとか。議員の人間関係についての愚痴ですとか」

「悪い。いっぱい愚痴を聞かせてたみたいだな」

「いえ。シリル様の場合は湿っぽい感じではなく、明るく爽やかな愚痴でしたから、聞いておりましても不快ではございませんでした」

明るく爽やかな愚痴とはどんな愚痴だ。

ハーマンは始終無表情で、淡々と話すので、冗談なのかよくわからない。

ゲームでは容疑者が数人おり、ハーマンもそのうちのひとりだった記憶がある。

容疑をかけられた理由は知らないが、彼は犯人ではないので、ジュードよりは信用していい人物のはずである。

帰宅後、メイドが用意してくれた夕食を広いダイニングでとった。

皿もカトラリーも銀食器で、いかにも貴族らしい。

銀食器は硫化ヒ素や青酸カリに化学反応を起こして色が変わるため、毒殺を未然に防ぐ。そのためヨーロッパの貴族はやたらと銀食器を使うのだとなにかで聞き知ったが、それはこの世界でも踏襲されている。

前世では、毒殺なんて自分とは縁のない話だと思っていたが、いまはそうも言っていられない身分である。近い将来殺害される身の上としては、食にも気をつけようと思う。

銀食器に盛りつけられているのは豪勢なものではなく、シンプルなマッシュルームのパスタ。煮込みうどんのような茹《ゆ》で具合のそれは、アルデンテとは遠くかけ離れているが、これはこれでいい。俺は好みだ。

食後、浴室へむかった。じゅうたんが敷かれ、防水効果のない壁紙が張られたふつうの小部屋にバスタブだけが置かれている。シャワーもないが、使い方は事前にハーマンに習った。バスタブに湯を入れてその中で身体を清めるスタイルだ。

寝る支度をして二階へあがり、寝室へ入る。

ベッドにチェスト、飾り棚に本棚。いつもメイドが掃除してくれているというだけあり、室内は綺麗に片づいている。綺麗すぎて他人の部屋のように思えるのだが、子供の頃から使っているというベッドやチェストにはなんとなく見覚えがあるような気がしなくもない。

だいじょうぶ。だいじょうぶ。

自分に言い聞かせるようにしてベッドに横たわる。

近い将来殺されることだけがわかっていて、しかし情報が圧倒的に足りず、記憶がなく、不安にならないわけがない。しかし生来の楽天的思考回路から、さほど悲観的にもなっていない。前世の記憶があるため、まったくなにもわからないよりはずっとましだと思う。

俺は明るく軽い男とバーナードに評されたが、現世も前世も性格はさほど変わっていないようだ。

殺されたくないし、回避できるものならその道を探したいが、そういう運命ならしかたがないかなとも思う。

ただ、わけもわからず殺されるよりは、せめて理由が知りたい。

目を瞑《つぶ》るとジュードの面影が浮かんだ。

悪い男には見えなかった。だが、彼は俺を殺す。

俺と彼のあいだには、いったいなにがあるのだろうか。

現世の記憶を思いだせば、ヒントを得られるだろうか。

考えてもわからない。

彼がなにを考えているのか。なぜ恋人などと言ったのか。

本心を知りたい。でもいまは。

「……寝よ」

考えても結論は出ないと思考を切りあげ、まもなく俺は深い眠りについた。

二

翌朝、鳥のさえずりで目覚めた俺は、見慣れぬ天井にしばし混乱した。

昨日のことは夢ではない。

ここはゲームの世界。記憶は前世のもの。まだなにも思いだせていない。

けだるい身を起こし、部屋の窓から外を眺めた。広い庭があり、遠くには背の高い樹木が連なっている。庭は冬時期なので花もなく、葉のない木も多くて寂し気な印象だ。その風景には覚えがあるような気もした。といっても、よくある景色なので気のせいかもしれない。

セーターとズボンに着替えて階下へ下りると、ハーマンが眼鏡を光らせて待ち構えていた。

「おはようございます。ご記憶のほうはいかがですか」

真っ先に訊いてくる。すました顔だが心配してくれているのが伝わる。

「まったくなにも思いだせてないんだ」

今日の俺は議会に出席する予定があったそうだが、しばらく欠席するとハーマンが連絡をしてくれていた。

バターを塗ったトーストと紅茶をいただき、ひとりで二階へ戻って書斎に入る。

記憶を思いだしそうなものはないか、ジュードに命を狙われる理由のわかるものはないかと、机の引きだしに入っている書類や本棚に目を通すが、これといったものは見つからない。本棚に並んでいる小説の一冊を手にとり、これを過去に読んだのだろうかとふしぎに思いながらページをめくっていたらいつのまにか物語に没頭し、扉をノックする音で我に返った。時計を見たら二時間が過ぎていた。

ハーマンが扉を開ける。

「市警の署長がお見えになりましたが、いかがいたしましょう」

ジュードが来たという。そういえば今日も来ると言っていたか。

「いま行く」

応接室で待っているとのことで、そちらへむかう。

部屋の扉を開けると、彼はソファにすわり、やや緊張した面持ちで待っていた。今日は黒の三つ揃《ぞろ》いスーツを着ている。クラシカルなシルエットが彼の均整のとれた体形をより引き立てている。厚い胸板に引き締まった腰まわり。昔観たフラメンコダンサーを思いだす。ストイックなのに色っぽい身体つき。

その姿を見たら、胸がドキドキしてきた。

表情の暗さについては、昨日の絶望に満ちた悲愴感が多少和らいでいて、あまり気にならなくなっていた。

昨日よりも落ち着いた精神状態で改めて見て、やはりいい男だと思う。だが見た目がタイプというだけで、こうもドキドキするのはおかしい。殺人犯だから緊張しているのだろうか。

どうしてなのか、自分でもよくわからない。速まる鼓動にとまどいつつ、それと同時に、恋人と告げられたことを思いだす。俺に嘘はつかないと言っていたが、どう考えても嘘だ。

俺はあいさつしようと開きかけた口を閉ざした。

相手はなにを企《たくら》んでいるか知れない。気をつけないと。

格好よさに心惹《こころひ》かれる気持ちより、警戒する気持ちが上まわり、口角を引き締めて無言で入っていく。

彼が立ちあがった。足元には細長いケースが置かれている。

「その後、どうだ。なにか思いだしたか」

「いや、まだなにも」

「そうか」

「それだけを訊きにここへ？」

「昨日、手袋をおまえの部屋に忘れた。とりに行ってもいいか」

頷きかけて、動きをとめた。殺害現場は俺の部屋だったはずだ。部屋へ連れていくのは危険かもしれない。

「ここで待っていてください。とってくる」

「俺の手袋、わかるのか」

「チェストの上に、革の手袋が一組だけ置いてあった。それじゃないですか?」

「ああ、そうだ」

待っているようにもういちど言い、俺はひとりで部屋へ戻った。

ジュードが俺に殺意を抱く時期がまったくわからないのが困る。いますぐなのか、それともずっと先なのか。これでは緊張して心が休まらない。

手袋をとって応接室へ戻ると、彼は腕を組み、立ったまま待っていた。

「これですか」

「ああ」

手袋を差しだすと、彼の腕が伸びてきて、手袋ごと手をつかまれた。

「なんで、警戒しているんだ」

警戒心を隠していなかったので、気づいているだろうとは思っていた。

青い瞳が探るように見つめてくる。

俺はその瞳をまっすぐに見つめ、慎重に口を開いた。

「ハーマンとバーナードに聞いたんですよ。俺たち、仲良くなかったらしいじゃないですか」

ジュードの顔がこわばった。

「……そうだな」

「なぜ、恋人なんて言ったんです？」

「それは……たしかにずっと仲良くなかったが、最近、親しくなって……そういう仲になったんだ」

「それ、知ってるやつはほかにいる？」

「……いないだろうな。俺もおまえも、そういうことを軽々しく言うタイプじゃない」

青い目が泳いでいる。これはもう、恋人なんて完全に嘘だろう。

もしかしたらハーマンの言う通り、俺が階段で転んだというのもジュードの仕業だったりしないだろうか。

殺すつもりで階段から突き飛ばしたのでは。

「なぜそんな嘘をつくんです」

「嘘じゃない」

ジュードがムッとした顔で反論する。それを受けてこちらも眉間にしわが寄る。

「本当は、俺に恨みがあったりするんじゃないですか」

「は？　そんなわけないだろう。どうしていきなり」

「じゃあ昨日、俺の部屋に来た目的は？」

「目的って……」

「なにを話していました？　どうして俺の部屋にいたんです？」

ジュードが急にうろたえる。

「そりゃ……ひとつしかないだろ」

「それは？」

彼の声が、ためらうように小声になる。

「だから……。愛しあうつもりだったんだ」

彼の頬がほのかに赤くなる。

まだ白々しく恋人路線を貫く気なのか。恥じらうような表情を見せられて動揺し、そんな自分にも彼にも妙にイラっとし、ふいに、探りを入れるのが面倒になった。

「しらばっくれなくていい。俺はわかってます」

「なにを」

俺は目に力を込めて、思いきって言った。

「俺を殺す気でしょう」

ジュードが目をむいた。

「はあっ?」

「なぜ俺を殺したいのか、理由を教えてください」

記憶がない状態では殺害動機を探るのは難しいし、怯《おび》えて暮らすのも息が詰まる。こちらから暴露することで相手が動いてくれたら清々するし、あるいは抑止力になればいい。

「なにを言ってるんだ! 俺がおまえを殺したいだなんて、どこからそんな話が! 誰がそんな——執事とバーナードか……!」

「いや、ふたりは無関係です」

「じゃあなぜ」

「記憶喪失になった人間に恋人と名乗るやつは絶対なにか企んでるのが物語のセオリーだからです」

「いや、待て、待て! そんな理由で俺の気持ちを疑ってるのか? 冗談じゃない!」

彼のもう一方の手が俺の肩をつかむ。至近距離だというのに大声で訴えてくる。

「俺はずっとおまえが好きだったんだ! やっと気持ちが通じて幸せの絶頂にいた俺が、どうして殺そうとする?」

「どうしてか訊いているのは俺です。教えてください」

「いや、だから殺したいなんて思ったことはない!」

「そうでしょうか。証拠はあるんですか？」

「そんなもの、あるわけないだろ。俺はおまえが好きなんだ。信じろ！　頼むから！」

必死の形相。予想外の熱量で好きだと告げられ、内心動揺した。しかしそれは表にださず、反論する。

「だがセオリーだと、本物の恋人は相手のことを思いやって、しばらく恋人だということを黙っているもんでしょう。忘れたならまた一からはじめればいいとか言って」

「おいちょっと待て！　おまえ、なんでそんな記憶はしっかり残ってるんだ！」

「日常の常識的な記憶や知識は忘れてないです。それにさっき小説で読んだから」

ジュードがぬおっと叫んで俺から手を放し、己の頭を抱えた。それから両手を広げ、オーバーリアクションで訴えかけてくる。

「くそ……そりゃ俺だって、おまえの状態を心配してるさ。だけど、また一からはじめる余裕なんてないんだ！」

「どうして」

「おまえが俺を好きになってくれたのなんて、奇跡でしかないからだ。記憶をなくしても、また俺を好きになってくれるなんて、そんな都合のいいことを俺は考えられない。だから俺はおまえの恋人だとアピールするし、なにがなんでも記憶をとり戻してほしいと思ってる」

俺を見つめる瞳が熱を帯びて訴える。

「証拠なら、おまえが思いだせ。俺がおまえを殺そうと思うなんてありえないってことを、記憶をなくす前のおまえが誰より一番わかってるんだ」

切実な訴えに、心が揺れた。彼の言葉も表情も、嘘をついているとはとても思えない。男同士ということや家の仲が悪いために、ハーマンやバーナードには隠してつきあってた可能性はないこともないか……？

——いや。ないのだ。

惑わされてはいけない。ゲームにＢＬ要素はないのだ。

俺は黙って、まだ受けとってもらえていない手袋を差しだした。彼はそれを受けとりポケットにしまうと、クールダウンしたようにひと息つき、声の音量を下げた。

「だから……、今日はこれを持ってきた」

彼が足元に置いていたケースを持ちあげた。

「音楽を聴くと記憶をとり戻すのにいいかもしれないと思って」

「それは？」

「フルート。一曲、いいか？」

「へ？　ここで吹くんですか？　いま？」

「だめか」

「いや……いいけど……」

突然人の家へやってきてフルート吹かせてくれとは、変わった男だ。それともこれが貴族文化というものなのか？

面喰《めんく》らいつつも、断る理由もないので頷き、彼のむかいの椅子に腰かけた。

しかしまいった。曲を聴いて記憶を思いだせたら感謝だが、なにも思いだせない予感しかない。

そもそもどの程度の腕前なのか。上手《うま》かったら拍手でもして褒めればいいのだろうが、微妙だったらどうしよう。

昔々フォークソングが流行《はや》り、下手糞《へたくそ》な自作のラブソングを彼女に披露して困らせるという事故が多発した時代があったと、前世の親から聞いた覚えがあるのをなんとなく思いだす。

彼がケースからフルートをとりだし、俺を一瞥《いちべつ》してからそっと吹きはじめる。とたんに部屋の空気が一変したのを感じた。

予想と異なり、優しい音色。

俺は楽器に詳しくないが、フルートは音色も曲も明るく軽やかなイメージがあった。だが彼のそれは甘く切なく耳に響いた。曲はゆったりとしたロマンチックな調べで、聴いていると、胸が疼《うず》くような、泣きたい気分になる。

曲名は知らない。だが、どこかで聴いたことがある気がした。

演奏を終えたジュードがフルートを下ろし、俺を見下ろしてくる。思いだしたか、とでも訊きたそうな瞳。

俺は拍手をするのも忘れ、彼の瞳をぼんやりと見あげた。

「……いまの曲。俺は、聴いたことがある？」

「ああ」

「もういちど、聴かせてくれませんか」

彼がおなじ曲をふたたび奏でる。

曲のはじめはふわっと軽やかだが、そのあとに転調する。

澄んだ音色が、頭をじんと痺《しび》れさせる。なにかを訴えかけられている気がして、胸が切なくなる。

なんていう曲なのだろう。どこで聴いたのだろう。

たしかに聴いたことがあると確信できるのに、それ以上のことは思いだせない。

曲が終わってから、今度は拍手しながら尋ねた。

「なんて曲なんですか」

「曲名はない。以前、おまえの前で即興で吹いた曲だ」

「へえ、すごいな」

「すごくはない。おまえに比べたら全然、俺は音楽の才能はない」

そんなはずはない。彼の演奏は、いったいいつ息継ぎをしているのかふしぎなほどなめらかで安定したものだった。

「嘘でしょ。ていうか、俺も吹けるんですか？」

「おまえはヴァイオリンを弾く」

日本でも西洋でも、貴族は教養として楽器を奏でられるものだと聞いた覚えがあるが、それはこの世界も共通らしい。

「そういえば部屋にヴァイオリンがあったな」

「弾いてみろ」

ヴァイオリンなんて前世ではさわったこともない。とても弾けると思えない。

でも記憶は忘れていても、身体は覚えているものだろうか。

「じゃあ、待っててください」

俺は二階へ戻り、昨夜クローゼットでみつけたヴァイオリンケースを持って応接室へ戻った。

ケースからヴァイオリンをとりだし、持ってみても、それを弾ける気がまったくしない。

そもそも持ち方すらわからない。

ソファにすわったジュードの前に立ち、ヴァイオリンを構える。おぼろげなイメージでヴァイオリンを肩に置き、弓を持つと、すかさずツッコミが入った。

「それじゃ弾けないだろ」

立ちあがり、ヴァイオリンを持つ俺の手を上から握り、顎をつかまれる。

「ここを、肩と顎で挟むんだ」

ヴァイオリンの位置を調整されたあとは、弓を持つ右手を直される。

「まず中指と親指で持って。人差し指は自然に」

それから彼は俺の背後に立ち、俺の両手をとって、弦に弓を当てる。

ほのかに甘い香り。彼のつけている香水だろうか。

「リラックスして」

操られるままに弓を弾くと、意外と綺麗な音が出た。

「ジュードはフルートだけじゃなく、ヴァイオリンも弾けるんですか」

「基本を知っているだけだ。どうだ、弾けそうか？」

「どうだろう」

ジュードに操られ、ゆっくりと音階を弾いていく。思いだすためにも楽器や音色に集中したいのだが、背中に彼の胸が密着していることや、両手を握られていることに気がいってしまう。

「肩に力が入りすぎてる。リラックスしろって」

リラックスしろと言われても、背中や手に感じる体温が熱くて、変に意識してしまう。甘い香水の香りも、気が散る。

彼の熱が伝播《でんぱ》したように、俺まで体温が上昇している気がする。

タイプの男に熱烈に想《おも》いを告げられた直後である。意識するなというほうが無理だ。

それにしても、密着しすぎじゃないか……？

厚い胸板と引き締まった腰。あのストイックなのに色っぽい身体と触れあっているのだと思うと次第に身体が興奮し、動悸《どうき》がしてきた。

「シリル、なにも考えずにやってみろ。そのほうが自然に身体が動くんじゃないか？」

そう言われても。

このままでは胸の高鳴りを相手に気づかれそうだ。

「ちょ……っと、すこし、休憩させて……」

「休憩って、はじめたばかりだろうが」

不審そうに言われ、意識しているのは俺だけだと気づかされる。恥ずかしくなって、頬が熱くなった。

「そうだけど、仕切り直しというか。とにかく、いったん……」

まずい。きっと耳まで赤くなってる。

顎を上げ、ヴァイオリンを下ろした。しかし俺の手を握る男が離れる気配がない。

「ジュード」

首を捻《ひね》って背後を見ると、至近距離にある彼のまなざしと絡んだ。その瞬間、彼の青い瞳が熱を帯びた気がした。

冬の穏やかな日差しが窓から斜めに差し込むような静けさで、俺の胸をなにかが貫く。魅入られたように、目を、そらせなくなる。

「シリル……」

妙にかすれた声が、耳元でためらいがちにささやく。

「その……。以前もしたことがある行動を反復するのは、記憶を思いだすのに効果的らしいんだが」

低い声がやけに色っぽい。

「試してみて、いいか？」

吐息が耳に吹きかかる感覚に、背筋や腰がぞくぞくしてくる。そのことに気をとられているうちに、なにをと訊く間もなく、唇を重ねられた。

「っ！」

両手を握られたまま、彼の腕に抱きしめられる。自分の身を守ることよりもとっさにヴァイオリンを守ろうと頭が働いたため、ろくに抗《あらが》うこともできず動きを封じられた。

熱い唇を押しつけられる感触。彼の体温が伝わるほどの距離。彼の匂いも通常ではありえないほど間近に感じ、思考が停止する。

驚いて動けずにいるうちに、彼の舌が俺の唇を割って入ってきた。互いの舌先が触れ、そのなまめかしい感触に触発されてようやく身体が動く。

「……っ！」

身体をねじり、全力でもがくと、拘束を解かれた。反射的に後ろに離れ、手の甲で口を拭いながら睨《にら》みつける。

「いきなり、なにするんだっ」

「思いださないか」

ジュードが真剣な顔で俺を見つめる。

「以前にも、俺とキスしたことを」

俺は黙って眉を寄せた。

なにも思いだしていない。

突然のキスに頭も身体も動転しており、胸はまだ動悸が激しい。

彼の熱意には、依然として揺れている。しかし同意もなくいきなりキスするなんて、人としてどうかと思う。

「あなたの言う通り本当に過去の俺たちが恋人同士だったとしても、いまの俺にとって、あなたは昨日会ったばかりの人間です。恋人どころか友人でもない。ただの顔見知りだ。

そんな相手に急に襲われる俺の気持ちをすこしは考えてくれませんか」

ジュードの顔に陰が差す。

「悪かった」

彼は下をむき、即座に謝った。

「そうだな。怖がらせてすまない。わかってるんだ。また最初からはじめないといけないんだって。だが、つい焦って。それにおまえに近づいたら……理性が働かなくなって……」

肩を落とし、しょんぼりした様子。まるで飼い主に叱られた犬のようだ。俺の抗議に本気で反省し、落ち込んでいるように見える。信じていいのかわからないが、怒る気持ちは失《う》せた。俺は彼から顔を背け、ヴァイオリンを片づける。

「本当に、すまない」

なおも謝られ、俺は小さく息をついた。

「まあ……なにも思いださないけど、俺は自分の貞操よりもヴァイオリンのほうが大事だということは、いまのでわかりましたよ」

それほど過去の俺にとってヴァイオリンが大事ということか、それとも高価そうな楽器を床に落としたらまずいという前世の庶民的な発想によるものか、判別はしかねるが。

「俺はよく、あなたの前で演奏してたんですか？」

いだな」

「学生の頃、校内の演奏会で、とか。あとは仲間と演奏していたのを遠めに見ていたくら

ヴァイオリンを置き、ソファに腰かけた。ジュードが困った様子で髪を掻きあげる。

「これから、予定はあるか？　よければ母校に行ってみないか？」

思いだす手掛かりがあればと言ってくれているのだろうことはわかる。だが俺は首を振った。落ち着いた態度で振る舞っているが、急にキスされた動揺は収まっていない。ひとりになって落ち着きたいというか、これ以上、一緒にいたい気分ではない。

「今日はちょっと用事があるから。母校は、もし行きたくなったら、学生時代に仲が良かった人に案内してもらうから、いいかな」

「そうか」

「今日はありがとうございます」

俺は帰宅を促すように、立ちあがって出入り口へむかった。ジュードも黙ってついてくる。玄関で別れ際、彼が小さな声で、

「すまなかった」

と、気まずそうに言って帰っていった。

俺は彼の姿が見えなくなってから、指で唇に触れた。

彼の唇の感触を思いだし、頬が熱くなる。

ただの顔見知りと言ったのは、きつかったかもしれない。彼が言うようにもし本当に恋人同士だったら、俺の態度に彼も傷ついたはずだ。

だが恋人ではないはずで……。

記憶をとり戻してほしいと彼は言う。恋人という以外に理由はないのだろうか。殺害に繋がる、打算的なにか。たとえば記憶を失う前の俺は宝のありかを知っていて、彼に教えるはずだったとか。

彼に惹かれる気持ちと警戒する気持ちが混在し、心が揺れる。こんな状況のまま殺されるのだけは避けたいと改めて思う。

どうしたらいいのか。

「はあ。寝るか」

俺はヴァイオリンを自室へ戻し、考えてもわからないと思考を放棄し、ベッドへ寝転んだところである人物を思いだした。

そうだ。この世界には、あらゆる謎を解明できる男がいたではないか。

百発百中の推理力の男が。

「マロン探偵！」

俺は叫んで跳び起きた。

コートと帽子、手袋を抱え、急いで階下へ下りてハーマンを呼ぶ。

「ハーマン、マロン探偵のところへ案内してほしい」

そう。あの探偵に相談してみようではないか。自分でわからなければ他人の力を借りればいい。

記憶喪失中、ひとりで行動するのはまだ不安なのでハーマンを連れ、馬車で探偵事務所へむかった。

マロン探偵の事務所があるアッカーソン街は都市の東に位置する活気ある下町である。貴族の住居区と違って人通りが多い。通り沿いには煉瓦《れんが》造りの四、五階建ての建物がひしめきあうように並んでおり、そのうちのひとつ、一階が食堂になっているビルの二階が探偵事務所だった。

街も人の装いもクラシカルで、ゲームの世界というより昔のロンドンの街にタイムスリップしたような気分で馬車を降り、帽子を脱ぎながら階段をあがって探偵事務所の扉の前にある呼び鈴を鳴らす。中からどうぞと声がしたので扉を開けると、部屋の中央に置かれた応接セットに栗がいた。

いや、栗のような顔をした、マロン探偵だ。ソファにすわって新聞を読んでいたところだったらしい。膝には黒猫を乗せている。彼はこちらを見て新聞を置き、立ちあがった。猫が飛び降りる。

「これはこれは。お客様でしょうか。この時間にお約束をした覚えはありませんが」

探偵の容姿も声もゲームそのままだ。渋い声。茶色の癖髪。年齢は不詳だが、ぱっと見、三十代くらいだろうか。顔は栗のようにしもぶくれだが、身体はスリムで身長も高い。

「突然すみません。俺はシリル・マクノートンと言います。折り入ってご相談したいことがあるのですが」

探偵に手を差しだされ、握手を交わす。

「マクノートンといいますと、伯爵家のお方でしょうか」

「当主です」

「これはこれは。ちょうど手が空いていたところです。お話を伺いましょう」

促され、彼のむかいの椅子にすわった。彼もすわり、ハーマンは背後に控える。

探偵の膝から飛び降りた猫が、ふたたび膝の上に戻り丸くなった。

「ああ、その前に。いま助手のギルバートが紅茶を淹《い》れているので、それを飲みながらにしましょうか。ギルバート、お客様のぶんも頼むよ」

「かしこまりました」

奥の部屋から青年が現れ、ティーセットをトレーに乗せて運んできた。

彼は俺たちの目の前にあるテーブルで、大きなポットからティーカップへ紅茶を注ぐ。

「ギルバートの淹れる紅茶は絶品なんですよ。いつもありがとう、ギルバート」

探偵が愛《いと》しそうに目を細めて助手を見あげる。それに助手ははにかんだように頰を染める。

俺は訝《いぶか》しく思い、彼らを観察した。

まるでつきあいはじめの恋人同士のような甘い空気を醸しだしているが、ゲームでの探偵と助手は、こんな雰囲気だっただろうか。もっとビジネスライクな雰囲気で推理に臨んでいた覚えがあるのだが、気のせいだろうか。現場から離れるとこんな感じなのか。

「どうぞお召しあがりください。茶葉はウバです。私はこれが好きでしてね。ほのかにバラの香りがしますでしょう。上質なものですと――と、いや、伯爵にむかって蘊蓄《うんちく》などはやめておきましょう。さあ、どうぞ」

すすめられ、ひと口飲む。

渋みが強く、独特な味。前世でよく飲んだ紅茶といえばペットボトルの午後ティーやリプトンのティーバッグ。青年が淹れてくれたことで格別おいしくなっているのか、さっぱりわからない。いずれにせよ慣れない味だと思ったが悪くない。俺は食べ物については頓着しないほうだ。腐ってなければなんでも食べる。なんでもおいしくいただけるから、美食家よりも俺のほうが人生楽しいはずだと思う。

「さて。それではご用件を伺いましょう」

紅茶をもうひと口いただいてから、俺は用件を切りだした。

「ジュード・ウィバリーという男がいます。市警の署長です。その男が俺を殺そうとする動機を知りたいのです」

探偵の、つぶらだが鋭い光を放つ瞳が俺をじっと見つめる。

「ほう。物騒なお話ですな。署長のことは私もよく存じていますが、彼があなたを殺そうとしていると？　そう思う理由があるのですか」

「それがじつは、記憶を失いました。自分のことをいっさい覚えていないし、周囲の者のことも覚えていないんです。だが、彼が俺を殺そうとしているということだけは、覚えているんです」

「それは、殺されかけた記憶があるということですか」

「いいえ。それはないのですが、近い将来殺されるという思いが確定事項として記憶に残っています」

「ほほう」

探偵が顎を撫《な》でる。顎髭《あごひげ》の剃《そ》り跡が濃く、栗の底の部分のように見える。

「記憶をなくしてから、彼に会いましたか」

「はい」

「本人と、そのことについて話をされましたか」

「はい。彼は否定しました。そして、自分たちが恋人同士だと主張したんです。周囲はそれを否定しています」

「恋人、と彼が言いました？」

つぶらな瞳がさらに丸くなった。

「はい」

探偵が「恋人」と呟きながら、今度は猫の背を撫でた。

猫がにゃあと鳴き、あくびをする。

「難しいご依頼ですな。署長が殺意を抱いているとあなたが思う、根拠がないわけですから な。本当に、彼は殺意がないかもしれません。私は彼とは仕事上のつきあいがあり、多少のことは知っていますが、あなたと彼の関係については聞いたことがありません」

「根拠はないのではなく、忘れてしまっただけで、殺意は絶対にあるんです。探るのは難しいと思いますが、だからこそあなたに頼んでいます」

探偵は考え込むように、しばらく猫の背を撫でた。そして部屋の隅に控えていた助手へ顔をむける。

「どう思う？」

助手は困惑したように首をかしげる。

「署長は人を殺すような男ではありません。でも……熱くなると、たまに言葉が悪くなりますから、ちょっとした脅しのつもりで暴言を吐いたとか」

「そんなんじゃありません。殺意は明確です」

理由を言えないのがもどかしい。説得する材料もないのに断言する俺を、探偵は観察するように見つめ、猫を撫でる。

「どういたしましょうかね」

「どうか、よろしくお願いします」

探偵は猫を撫でるのをやめ、思案するように紅茶を飲む。俺も残りの紅茶を飲み干した。

「ひとまず私から彼に、あなたをどう思っているのか探りを入れてよろしいでしょうか。そして彼の身辺調査をして、十日後に報告。その後の方針についてはそのときにまたご相談するという形にいたしましょうか」

妥当なところだろう。俺は承諾し、十日後に会う約束をして事務所を出た。

「命を狙われていたなんて、初めて知りました」

帰りの馬車の中でハーマンが心配そうな目をむけてきた。

「なぜ黙っていらしたのですか」

「記憶をなくしているのに、それだけは覚えているなんて変だろう。根拠も明確に言えないんだ。気軽に口にできることじゃない」

「そうですが……。今日も彼と面会しましたが、そういうことでしたら面会を拒否されたほうがよろしいのでは」

「ああ。でも動機も知りたいしな。なんだと思う？」

「恋人などと勝手なことを言っておりましたから……気持ちを受け入れてもらえないことに逆恨みしていたとか」

痴情のもつれによる殺害ということならわかりやすいのだが、それではBLになってしまう。そういうことではないはずなのだ。

自分の記憶が間違っていただろうかと記憶を検《あらた》めてみる。

ゲームは殺人の手口やアリバイのトリックを解明することに重きを置いており、人間ドラマはおざなりな感じだった。なんといっても自分でプレイしたわけではないから記憶があいまいだし、忘れていることもありそうだ。

「ともかくシリル様、探偵が解明するまでは、彼と会うのはお避けくださいませ」

きつく言われ、俺は肩をすくめて頷いた。

「そうだな」

そう言いながら、頭に浮かぶのは熱烈に恋心を訴えてきた彼の面影ばかりで、十日も会えなくなるのは寂しいような気がした。

三

探偵に依頼に行ったあとの二日間はバーナードが友人を連れて見舞いにやってきて、いろいろな思い出話を聞かせてくれた。なにも思いだささなかったが、一緒によくやっていたというテニスやトランプなどもして、楽しいひとときを過ごした。

「記憶が戻らないって？」

「シリルの記憶だから、そのうちひょっこり、笑いながら戻ってくるよ。心配ないさ」

友人たちはみな明るく親切で、記憶がなくてもどうにかなると励ましてくれた。だが、ジュードの件があるため、思いださないわけにはいかない。

その日は、派閥議員の集会がある日だった。この世界の政治情勢などまるでわからず、まだ顔をだすのは早い気もしたが、なにか思いだす手掛かりがあればいいと思い出席することにした。

集会場所は派閥トップの侯爵家で、行くとすでに五十人以上が集っていた。立食パーティの雰囲気で、議員以外の人間も交じっているようだ。

ハーマンは連れてきていない。来る前に有力者の名前などは予習しておいたのだが、顔がわからないので誰にあいさつすべきか判断できない。まあ誰かが声をかけてくれるだろうし、そうしたら事情を話して紹介してもらえばいいだろうと気楽に構えて広間に入っていくと、さっそく声をかけられた。

「やあマクノートン伯爵。久しぶりだね」

四十代くらいの、口髭を蓄えた紳士だ。俺はすぐに記憶喪失になったことを話し、覚えていない非礼を詫《わ》びた。

「その噂《うわさ》なら聞いたよ。本当だったんだね。さぞ大変だろう」

相手は予想通りの反応を見せ、紹介役を買って出てくれた。

「侯爵はあの方だよ」

言われたほうを見ると、高齢の紳士がいた。彼が侯爵らしい。黒いスーツを着た男と喋っている。

喋っている相手、黒いスーツを着た男はこちらに背をむけているが、背中だけで強烈な存在感を放っていた。

亜麻色の髪、ストイックに引き締まっているのに色っぽい身体。見覚えがあるどころではない。顔を見なくてもわかる。あの男はジュードだ。

俺はぎょっとし、とっさに口髭紳士の背後に隠れた。

まさかこんなところで会うとは思わなかった。どうしてここにいるのか。

先日のキスを思いだし、顔が熱くなる。にわかに心拍が速くなる。

今日会う覚悟などしていなかったから、どんな顔をして彼に会えばいいのかわからない。

突然キスされたことは、もう怒っていない。というか改めて思い返してみると本当は最初からさほど怒っていなかった。きつい言い方をしたのは、己の欲望を見透かされたような気がして、動揺したのだ。それをごまかしたい気持ちが強く表れただけだったのだと気づいた。

そう気づいてしまったから、ますますどんな態度をとるべきかわからないのだ。

彼はあれから会いに来ない。あれほど熱烈に恋心を訴えてきたのに。

来ないなら、このまま距離を置くのが賢明だろう。未来の殺人犯で、なにを企んでいるか知れないのだから、自ら進んで関わりにいくことはない。

そう思いながら、昨日も一昨日《おととい》も「今日は来るか」「今日も来なかった」と、彼が会いに来てくれるかと、そのことばかり考えてモヤモヤしていた。

どうしたいのか、自分でもさっぱりわからない。いまも口髭紳士の背に隠れながらも顔を覗かせ、ジュードの様子を見ようとしている。

避けたいのか、会いたいのか。

「マクノートン伯爵、どうしたんだい」

急に不審な行動をする俺に、口髭紳士が怪訝そうに振り返る。

「いえ、その」

「ほら、侯爵がいまから話すようだよ。あいさつはそのあとかな」

侯爵が軽く手をあげ、広間の中央に立つ。ジュードは後ろへ下がり、人に紛れて見えなくなった。

侯爵が演説をはじめる。他派閥で汚職事件があったようで、その糾弾をしていくとかなんとか熱弁をふるっている。それをぼんやり聞いていると、となりに立っていた口髭紳士が俺の腰に腕をまわし、顔を近づけてきた。

「マクノートン伯爵、いや、シリル。これが終わったら、うちに来ないか。記憶をなくして不安だろう。いろいろ教えてあげるよ」

「ありがとうございます。しかし、ご迷惑では」

「迷惑だったら誘わないさ」

口髭紳士は人のよさそうな笑顔を見せる。とてもありがたい申し出だ。議員同士の人間関係などはハーマンや友人といった部外者に訊いてもわからず、ぜひ得たい情報だった。

もういちど礼を言って笑顔を返すと、彼のもう一方の手が俺の手を握った。

ん？

「あの？」

「なんだい？」

演説中の私語だから近づいてきたのだと思ったが、どうもそれだけではなさそうだ。離れようとしたが、予想外に強い力で腰を引き戻された。手も握られたまま。

「離していただけますか」

困惑しつつもきっぱりと言ったのだが、相手は変わらぬ笑顔を返してくる。

「嫌だと言ったら？」

「そういう戯れをしている状況ではなさそうですので」

「ふふ。記憶のないきみは素直で可愛いね」

口髭紳士の人のよさそうな笑顔が、スケベな中年男のものに変化してゾッとする。

相手も貴族であり、仕事仲間だ。恥をかかせるような拒絶をしたら禍根を残すかもしれない。この世界においてどう対処するのがベターなのか記憶がないので判断に迷う。

それにしてもどうしてまたもやBL展開なのかと頭の片隅でツッコミを入れていたら、ふいに背後から腕が伸びてきて、肩を抱き寄せるように紳士から引き離された。

ふり返るとジュードがいて、心臓が跳びはねた。

「嫌がっているようですよ」

ジュードを見た口髭紳士の顔が引きつる。

「署長……！」

「男爵、その節はどうも」

ジュードが剣呑《けんのん》な目つきで紳士を見る。相手は脂汗を額に滲ませていた。

「いや、こちらこそ……」

「シリルをお借りしてよろしいですか」

「ああ、それはもちろん」

紳士が逃げるように離れていった。なにを怯えているのか。

「彼の弱みでも握っているんですか」

「そんなところだ」

俺は横にいる彼を見あげた。改めて彼の姿を見て、胸が大きく鼓動する。警戒か、緊張か、それとも――。

抱き寄せられているから、とても距離が近い。恥ずかしくて彼の顔を見ていられず、俯《うつむ》く。

俺の肩にはまだ彼の手がかかっている。無意識にそこへ視線をむけた。

俺の視線に気づき、彼の手が俺の肩から離れる。なんとなくそれが寂しいような気がして、そんな己の気持ちにうろたえる。

俺の内心など知らず、ジュードが気をつけろと忠告してくる。

「記憶をなくしたと聞きつけて、あの男、さっそく近づいてきたな。彼はおまえが嫌がってもしつこく言い寄ってくる。と、以前おまえが言っていた」

「露骨で驚いた。ありがとうございます」

素直に礼を言って目をあわせると、彼は照れたように視線をそらした。

いつのまにか侯爵の演説が終わったようで、周囲は歓談の時間に移っていた。

「ところでどうして警察署長がここへ？」

「侯爵に誘われてな。俺はこの派閥の後援者だ」

「あれ？　マクノートン家とウィバリー家は派閥が違うんじゃなかったかな」

「家は兄が継ぐ。俺はどの派閥を支持しようと関係ない」

関係ないということはなかろうと思うのだが、そんなものだろうか。

聞き流しかけたら、ぼそりと補足された。

「おまえがこちらの派閥だから、俺もこちらについている」

どう返答していいのか、どんな顔をしたらいいのか困り、微妙な顔で見つめてしまった。

「だから嫌そうな顔するなって」

「嫌なわけじゃないんですが」

うっかり口にしたら、ジュードが「え」という顔をした。問いたそうなまなざしから顔をそらすと、ちょうど給仕がワイングラスを運んできたため、受けとってひと口飲む。さっぱりした辛口の白ワイン。

「飲みやすいな。銘柄はどこだろう」

「嫌じゃない、と言ったな」

話題を酒に変えようとしたが、ジュードは乗ってくれなかった。身体の位置をずらし、こちらの視野に入ってくる。

「昨日も一昨日もおまえの屋敷を訪問したが、会ってもらえなかった」

「来てたんですか。知らなかった」

ジュードが息をつく。

「あの執事か」

その一言で俺も察する。

ハーマンが無断で追い返していたのかと驚くが、しばらく会わないほうがいいのではという彼の進言に俺も相槌《あいづち》を打ったので責められない。

それにしても、来てくれていたのだとわかり、モヤモヤしていた胸が軽くなった。なにか言いようのないふわっとした感情が身体中に広がる。

「強引なことをして嫌われたと思っていたんだが、そうじゃないのか」

強引なこととはキスのことか。ふたたび思いだし、頬が熱くなる。

「連日しつこくして悪いとは思ったが、訊きたいことがあった。シリル、おまえマロンになにを言った」

「なにって」

「根掘り葉掘り訊かれた。おまえのことをどう思っているか。いつから思っているのか。どこがいいのか。とかな」

探偵がジュードに探りを入れると言っていたから、俺の差し金とばれるだろうと覚悟はしていたため、開き直って答える。

「それはだから、俺たちが恋人とは思えないから。どうしてあなたが恋人なんて言ったのか、真意を知りたいと相談したんですよ」

「まだ疑っているのか」

「それはそうでしょう。俺たちが恋人だったなんて、あなたしか言わないんだし」

「おまえ自身はどう思うんだ。俺に恋はできそうにないか」

熱心に見つめられ、俺は困って目をさまよわせつつ、言葉を探した。

「わからないですよ。記憶がないんだから。そもそも……あなたこそ、俺のどこが好きなんです？」

「わからない」

即答され、ずっこけそうになった。

「わからないのかよ」

ジュードは真顔で頷く。

「昔から、おまえのことをもっと知りたい、俺のことを知ってほしい、仲良くなりたい、もっと近づきたい、笑いかけてほしい。そんなことばかり思っていた。どうしてこれほど恋焦がれるのか、自分でもわからない」

青い瞳が切実な思いを伝えるように揺れる。その瞳を見つめ続けていると引き込まれそうな気がして、俺は視線をもぎ離すようにしてワインを呷《あお》った。

ジュードが驚いた顔をする。

「おい。だいじょうぶか」

「なにが——あ？」

前世の俺は酒に強いほうだった。だからそのつもりで飲んだのだが、この身体は弱いのかもしれない。たった一杯で頭がくらりとし、足がふらついた。

「あ」

自分からジュードの胸にもたれかかってしまった。慌てて姿勢を立て直そうとしたが、すぐさま力強く肩を抱かれた。甘い香りと、密着した体勢に、めまいがしそうなほどの興奮を覚える。

「ったく、本当に弱いな。移動しよう」

「知っていたならとめてくださいよ……」

口では文句を言いながら、胸がドキドキしていた。

さりげなく、彼の胸に触れる。触れたいと思う気持ちを我慢できなかった。

肩を抱かれたまま広間を出て、どこへ連れていかれるのかと思ったら馬車に乗せられた。

「ちょ……どこに」

「心配するな。おまえの家へ連れていくだけだ」

「え。でもまだ来たばかりで」

議員たちにろくにあいさつしていない。

「俺はちょっと寄っただけで、もう戻らなきゃならん。こんな状態のおまえをひとりでここに置いておけない。さっきの男爵にまたちょっかいをだされたらどうするんだ」

俺のとなりにジュードがすわり、馬車が動きだす。

俺は酔いを理由に彼の肩にもたれかかった。

彼の手が、俺の手に触れようとして、しかし触れずに戻っていった。

まもなく馬車が屋敷に到着した。先に降りたジュードの手を借りて、俺も馬車から降りる。

「あとはだいじょうぶか」

彼は屋敷にむかおうとせず、馬車の前にとどまった。

「寄っていかないんですか」

ジュードが意外そうな顔をする。

「いいのか」

当然寄っていくものだと思っていたし、ここまで連れてきてもらって茶の一杯もださないのは失礼だと思った。

もちろんと答えようとしたが、それより先にジュードが肩をすくめた。

「残念だが、署に戻らないと。じゃあな」

彼が俺に背をむけ、馬車の手すりをつかむ。あっさりした態度を見せられ、思わず引きとめたくなった。

仕事ではしかたがない。しかしこのままなんの約束もせず別れるのは寂しい気がして、とっさに口を開く。

「ジュード、明日の予定は」

ジュードが振り返る。

「なにかあるのか」

「その、ちょっと、記憶を思いだすのにつきあってほしいんですが。明日が無理ならべつの日でも――」

そこまで言ってから自覚する。俺は記憶喪失にかこつけて、この男をデートに誘っている。必死な感じになっていなかっただろうか。急激に恥ずかしくなって頬を赤くした。

青い瞳が俺を見つめる。

「わかった。明日、都合をつける」

彼はすこし嬉《うれ》しそうに口元をほころばせてそう言うと、手すりを離し、こちらに近づいた。手を伸ばせばさわれるほどの距離まで来て、帽子を脱ぐ。そしてちょっとためらうように顎を引き、俺の目を覗き込んでささやくように尋ねた。

「触れてもいいか」

低くて、色っぽい声色。その一言で、俺たちの周辺の空気が甘やかに変化した気がした。いいとも嫌とも言えず黙っていると、彼の右手が俺の頬に触れた。冷えた指先。寒さのためか、それともべつの理由か。

「熱いな。まだ酔ってるのか」

「そうかも」

そう答えたが、彼の手が触れた瞬間に熱くなった気がする。

すこしだけ見あげる角度で視線が絡む。次第に鼓動が速くなる。酔っているせいだろうか。目をそらすべきだと思うのに、そうすることができない。そらしたくない。

青くて、灰色がかった瞳。綺麗だがすこし怖いと、ぼんやりとした頭で思う。

このまま見つめあっていると、キスされそうな予感がした。それでも目をそらせない。

彼の瞳に、物欲しそうな顔をしている自分の顔が映っていた。

先日されたキスを思いだす。

同意なく不意打ちだったため驚いたが、キス自体は嫌ではなかった。

俺は、この男とキスをしたいのか。だから目をそらせないのか。

そうなのかもしれないと思う。

キス、もういちどしたいかもしれない……。

相手は殺人犯。こんなのはおかしい。自分の気持ちに不安を覚え、引き返すならいまのうちと思うのに動けない。

ささやくような声で訊かれた。

「……キス、してもいいか」

逡巡《しゅんじゅん》しているうちに顔が近づいてくる。逃げるべきかと一瞬思い、肩に力が入ったが、結局一ミリも動けず、彼の唇を待っていた。近づいてくると、赤ワインの香りがふわりと漂う。彼が会場で飲んでいたのだろう。心臓が胸から飛びだしそうなほどドキドキする。

自然とまぶたを伏せたとき、唇に柔らかな感触。唇から伝わる彼の体温と甘い香りにぶわっと意識が飛び、警戒と決意という防波堤が瞬く間に崩れていく。彼の熱が押し寄せてきて、それに呑《の》み込まれるように思わず口を開きそうになったが、唇は押しつけられただけで離れていった。

まぶたを開けると、柔らかなまなざしがすぐそばにあった。

彼は照れたように目元を染めて、俺を見つめながら手を離した。

「じゃあ、明日」

来訪する時間を告げてふたたび馬車に乗り込む彼を見送り、俺は拍動を速めた胸をぎゅっとつかんだ。身体が熱くなっているのは酒のせいだけではない。

馬車の姿が見えなくなり、ようやく肩の力が抜ける。拍動も、徐々に落ち着いてきた。

なにをしているんだろう、と思う。

相手は警戒すべき未来の殺人犯だとわかっているのにデートに誘い、あまつさえキスまで。思考も言動も支離滅裂だ。

俺は軽い男だが、こと恋愛に関しては身持ちが堅く、見た目がタイプというだけでキスを許すような男じゃなかったはずなのだが。

会うたびに警戒心が薄れていく。惹かれていることを自覚せずにはいられない。彼の内面などなにも知らないのに。

記憶を失う前は、やはり恋仲だったのだろうか。だから記憶を失っていても彼に惹かれるのだろうか。

「だがゲームには……、あ」

ゲームにはBL要素はなかった。繰り返し頭に浮かんでいたその確定事項について、ふいに逆説的な考えがよぎった。

「もし……恋人になったら、ゲームとは違くなる……？」

ゲームにBL要素がなかったならば、恋仲になってしまえばゲームとは異なってくる。殺害を回避できる可能性があるのではないか。

殺されたくなかったら、彼を避けるのではなくむしろ積極的に恋人になるべきでは。

「それで……いいのか……？」

彼に惹かれる感情を後押しするような思いつきに一抹の不安を覚えつつも、ふたたび胸がドキドキしはじめた。

前世では、中学のとき憧れた俳優も、高校のとき憧れた塾講師も彼女がいた。大学のときちょっといいなと思った友人は、彼女はいなかったが頻繁に女子と合コンをしていたから、アプローチしようとも思わなかった。いずれも思い詰めるほど恋をしていたわけでもない。

だがもちろん恋愛に興味はあった。

二十歳を過ぎてから出会い系バーにいちどだけ行ってみたことがあり、そこでは数人の社会人に声をかけられた。その中にはタイプの容姿の男もいたが、話してみたら違う気がした。キスされそうにもなったが、流されることなく拒み、何事もなくひとりで帰宅した。ああいう場所は学生の自分にはまだ早いのだと思い、それ以降行かなかった。

そんなわけで、前世ではつきあった経験もない。覚えている中ではデートは初めてだ。

いや、違うか。

正確には、高校のときにダブルデートを経験していた。

友人カップルに、遊園地に行こうと誘われたことがあった。俺の相手として連れてこられたのは女の子。みんなでわいわい遊ぶのは好きだし、俺としては本当にただ遊びに行ったという感覚で、デートと意識していなかった。

だが今回、記憶を思いだすためなどと言ってジュードを誘ったが、俺はデートだと思っている。

惹かれているけど殺人犯の男とデート。いったいどんな心構えでいたらいいのか。ただただ、落ち着かない。

恋人になったら殺害を回避できるかもしれないと昨夜は思ったが、まだ出会って数日の相手と思うとそちらの方向へ舵《かじ》を切る覚悟もつかず、気持ちはふわふわしている。

いやいや、妙なことを考えるな。これはデートじゃない。

今日の外出は、記憶をとり戻すため。そして殺害の理由を知るためだ。ジュードと俺の過去の関係を聞きだし、俺を殺したい動機やきっかけを探りだすんだ。

そう思い、気持ちを引き締めようとするがうまくいかなかった。

スーツを着てそわそわしながら待っていると、時間ちょうどにジュードがやってきた。

見送りに立つハーマンが非難するように俺を見る。

「自ら殺されに行くのですか」

彼には、ジュードの面会を勝手に拒まないように昨夜言っておいた。いちおう承諾したが不服そうだ。

「まさか。外で会うからだいじょうぶだ」

「はて。どうして外ならだいじょうぶなのです?」

殺害現場は自室なので、戸外で会うぶんには心配ないのだが、それをハーマンには説明できない。とぼけていると、彼が吐息をついた。

「お気をつけくださいませ。シリル様にもしものことがあったら、エドワード様が当主となってここへ戻られる。わたくしはあの方とうまくやっていける自信がございませんので。よろしくお願いいたしますよ」

エドワードというのはたしか弟だったか。

誰が相手でもマイペースを貫きそうなハーマンがそんなことを言うとは意外だ。

弟はどんな人物か聞きたかったが、ジュードを待たせているのでコートを着て屋敷を出た。

馬車が走りだしてから行き先について話す。

「先日、母校に誘ってくれたでしょう。友人と行くと断ったけど、ジュードとも行ってみたくなったんです」

まずは八歳から十四歳まで世話になった郊外の寄宿学校へむかった。貴族の子弟だけが通う名門校である。街を抜けると牧歌的な景色が広がり、曲がりくねった馬車道をふたりで揺られていく。

空は曇天。風の強い日だった。馬車の中は外よりはだいぶマシだがそれでも寒く、身震いして首をすくめたら、それを見たジュードがコートのボタンを開いた。そしてコートの中に俺を巻き込み、抱きしめる。

「あ、の」

「寒いんだろ」

それはそうなのだが……。

「嫌でも、すこし我慢していろ。風邪を引くよりはマシだろうが」

俺の困惑した様子から、嫌がっていると思ったらしいが、そうではない。

嫌じゃないから困っているんだ。

密着すると、胸がドキドキしてしまって。

俺はゲイだが、相手が男なら誰でも、密着したら興奮するわけじゃない。見た目がタイプなら、ちょっとはドキッとすることもあるかもしれないが、それでも冷静でいられる。

だがこの男の場合は……。目があっただけで身体が熱くなる。触れられたら蕩《とろ》けそうになる。

俺はなにも覚えていない。だが身体はこの男のことを覚えているのだろうか。

やはり恋人だったのだろうか。

そうでなければ説明のつかない疼きが、身体の奥に生じている。

「あの、だいじょうぶ、だから」

「いいから、じっとしてろ」

身体を離そうとしたが、逆にますます力強く抱きしめられてしまった。

おかげですぐに寒さなど忘れてしまった。

事前に連絡を入れていたため、学校へ着くと校長が出迎えてくれた。馬車を降りて外の空気を吸い、気持ちを切り替える。

俺に続き、ジュードが校長とあいさつを交わす。その仕草が毅然《きぜん》として優雅で、映画の英国紳士そのものといった風情で、つい見惚れてしまった。

記憶を失った当初の彼は、叫んだり髪を掻きむしったりしていたが、あれは彼も動揺していたということで、本来はＴＰＯに応じた対応ができるということか。

校長の案内で芝生を横切り煉瓦造りの校舎へ入る。昔、イギリスの寄宿学校を舞台にした映画を観たことがあるが、それにそっくりだ。制服を着た少年たちが授業を受けている様子を見学させてもらう。授業の邪魔をする気はなかったのだが、校長が教室の彼らに声をかけ、見学者が来ていると俺たちを紹介した。すぐさま一同が整然と立ちあがり、爽やかにあいさつをしてくれる。その後は俺が学生当時に使用していたという寮の部屋も案内してもらった。

二段ベッドがふたつ入った四人部屋。現在使用している生徒のサッカーボールや雑誌などの私物が机やベッドに置いてあり、室内は男子特有というべきか、ちょっと臭かった。

「どうだ。記憶は戻ってきそうか」

となりを歩くジュードに訊かれ、俺は首をかしげた。

「はっきりしたことは、なにも。だが、見覚えがあるような気がしなくもない、かな」

いちおうそう答えたが、見覚えがあるような気がするのは映画の記憶であって、現世の記憶ではなさそうに思う。正直なところ、よくわからない。

寮から校舎へ戻る際、渡り廊下に出た。アーチ状の柱のあいだは窓がなく開放的で、風が頬を撫でる。家を出る頃は風が強かったが、いまは穏やかになっている。日差しも出て、寒さが緩んでいた。

前を歩く校長と、意識的にすこし距離を置き、小声で訊いた。

「俺たち、クラスが一緒だったことはあるんですか」

「なかったな」

ジュードも声量を抑えて答える。

「ずっと別々だった。話をする機会はほとんどなかったな」

「昔から俺のことを……って話だけど、それっていつから」

「いつからかな」

ジュードがポケットに手を入れ、当時を思いだすように目を細める。

「初めはライバルみたいな感じで意識していたな。いつも、どんなことでも俺とおまえで首位争いをしていたんだ。といっても意識して、必死に努力していたのは俺だけで、おまえは努力も意識もしていなそうだったけどな。首位をとっても、逆にかなり低い成績でも軽く笑って明るく振る舞っていて」

穏やかな風が庭の常緑樹をさわさわと揺らす。

彼がそちらへ目をむけて続ける。

「周囲も俺たちをライバルとして扱ってくるし、家の仲も悪い。ちょっと話しかけたいと思うことがあっても、声をかけにくい雰囲気もあった。だが成長するにつれ、ただのライバルというだけじゃない感情が自分の内にあるような気がしてきて」

彼の青い瞳がこちらを見た。

「十三のとき、学生たちの前でフルートの演奏をしたことがあったんだが、そのあとおまえが屈託なく話しかけてくれて、そのときの笑顔が忘れられなくて。自覚したのはそこからだったかな。でも意識したらますます近づきにくくなって、話しかけられたのは、大学に入ってからだったな」

「大学も一緒？」

「ああ。でもそこでも話せたのは年にいちどくらいだった。卒業してからはまったく接点がなくなったが、昨年、おまえの父上の葬儀に参列したのがきっかけで、そこから親しくなったんだ」

父親が他界したのは五か月前だったか。

「じゃあ、本当に最近ですね」

「俺の気持ちは、年末にふたりで会ったときに打ち明けた。それから毎日押して。だから、そう……最近だな」

校長が歩みをとめて振り返ったので、会話を中断した。

ほかに見学したいところや質問はないかと訊かれたが、これといってなかったので、礼を言って帰ることにした。

「このあとはどうする。どこに行きたい」

馬車に乗り込み、訊かれた。

「ジュードとの思い出がある場所に連れていってほしいと思っていたんですが」

「さっき話した通り親しくなったのは最近だから、思い出というほどおまえの記憶に残っているかわからんが……下町に行ってみるか」

御者に行き先を告げ、着いたのはアッカーソン街。マロン探偵の事務所がある界隈《かいわい》だ。

帰りは辻《つじ》馬車でも拾うからと言って馬車を帰し、通りを歩くことにした。

その頃には風もやみ、暖かくなっていた。

「この辺にはふたりでよく来たんですか」

「よくと言うほどでもない。なんどか、だな」

平日の昼時で、通りはほどほどに人通りがある。通り沿いに並ぶ店のショーウィンドウには色とりどりの菓子が並んでいたり、婦人の華やかな帽子が並んでいたり、書店があったり。パン屋や肉屋、薬屋などなど、どこも楽し気で立ち寄りたくなる。映画の世界に入った気分で街の様子を興味深く眺めながら歩いていると、レストランの前でジュードが立ちどまった。

「先月、この店で一緒に食事をしたんだが。入ってみるか」

ちょうど腹が空《す》いてきたところだった。頷き、ジュードのエスコートで入店する。

店内はカウンターがあり、酒瓶がずらりと並んでいる。レストランと思ったが、大衆向けのパブのようだ。

ランチもやっているとのことで、窓際のテーブル席にすわる。

「貴族でもこういうところを利用するんですね」

「そりゃそうさ。王族だってお忍びで利用する。一般常識的なことは覚えてるんじゃなかったのか」

「覚えてると思ったんだけど、けっこう偏ってるかも」

覚えているのは日本の一般市民の常識だけだ。俺は本当にこの世界で貴族としてやっていたんだろうかと疑問を抱きつつ、メニューを見て注文する。

「俺の好物とか苦手な食べ物とか、知ってます？」

「苦手なのは酒とマーマイトと言っていたな」

「マーマイト？」

訊き返したら、目を丸くされた。

「マーマイトも忘れたのか？」

「なんなんです？」

「ビール酵母だ。トーストに塗って食べたりする」

「へえ」

「本当に記憶が偏っているな。物語のセオリーとか変なことは覚えていたくせに。じゃあ、あれは覚えているか？」

日常用品や食品についての知識など、他愛のない質問を繰りだされ、あれこれ言いあっているうちに注文した料理が届いた。俺はシェパーズパイ。彼はサンデーロースト。うまそうな香りが漂い、食欲をそそられて俺の腹がぐうと鳴った。

「朝食、あまり食べなかったから」

言いわけしながら照れ笑いをすると、俺を見つめる彼の目元が優しく和らいだ。

「足りなかったら俺のも食べるといい」

「いや、だいじょうぶ」

「これ、うまいぞ。ここは日曜だけじゃなく、平日もこれが食べられる」

「はあ」

冴《さ》えない返事をしたら、彼が補足してくれた。

「サンデーローストはその名の通り、元々は日曜日に食べる料理だ」

グレービーソースのかかったローストビーフにマッシュポテト、ヨークシャープディング、温野菜が一皿に盛られている。

「うまい」

ジュードは大きな口を開けて、豪快に食べる。貴族だから上品な食べ方をするかと思ったら意外だ。といっても不快な食べ方ではなく、見ていて気持ちのいい食べっぷりだ。

俺はこの数日、記憶がなくても貴族なのだから貴族らしく振る舞わなくてはと思っていた。だが彼の食べっぷりを見たら、それほど気を張らなくてもいいのかもしれないと肩の力が抜けた。どこか緊張していた心を緩め、マナーよりも味わうことと会話を楽しむことに意識を配ることにする。

シェパーズパイはマッシュポテトのミートパイ。ここは牛肉ではなくラム肉を使っているようだ。癖がなく、非常にうまい。パブのランチと侮ってはいけない味だ。

食べ終わっても話は途切れることなく続き、気づけば長い時間が過ぎていた。

他愛のない会話がひどく楽しかった。ジュードは立ち居振る舞いに品のある男だが、決して気取っている男ではない。打ち解けてみると、かなり波長のあう男だとわかる。

すでに警戒心も消え、殺害理由を探ることもすっかり忘れ去っていた。

「ところで。先月この店の、この席で、今日とおなじように俺たちは食事をしたんだが。思いださないか」

「思いだせないな。そのときはどんな話をしたんです？」

「おまえに告白した」

ジュードが静かな口調で語り、真摯に熱っぽく見つめてくる。

俺はとっさに返す言葉もなく、そのまなざしを見つめ返すことしかできなかった。じんわりと、頰が熱くなってくる。

「早く思いだせ」

たったいままで和気あいあいと親友のように話していたというのに、急に雰囲気を変えないでほしい。

俺は冷静さを保つために窓のほうへ顔をむけた。

「……本当に恋人だったら、早くなんて急《せ》かさないんじゃないですか」

「不安なんだ。言っただろうが、余裕なんてないって。おとなしく待っていたら、俺のことなど忘れられそうで」

「そんなこと……」

あるはずがないと言いかけて言葉を呑み込み、ほかの話題を探していると、窓の外、通りの先にホテルのような一風変わった建物を見つけた。

「あれってなんだろう」

指で指し示すと、ジュードもそちらを見る。

「あれはトルコ風呂だ」

「え」

昔の日本ではソープランドのことをトルコ風呂と言っていたらしいが、まさか。こんな表通りで堂々と経営しているのかと驚いたが、

「蒸し風呂のことだ」

と捕足された。本来のトルコ風呂のようだ。そういえば昔読んだシャーロックホームズの話にもトルコ風呂が出てきたかもしれない。

「トルコ風呂ってどんな感じですか？　俺、行ったことあるかな」

興味を示すとジュードが乗ってきた。

「行ってみるか？」

「行く」

　ということでパブを出た。むかったのはパブから見えたところではなく、路地をすこし入ったべつの店だった。ジュード曰《いわ》く、そちらが上流階級対象の店で、衛生的で落ち着くとか。

　入ってみると、格調高いホテルのような雰囲気で、一階が風呂、二階以上が休憩室となっていた。店員にシャツと五分丈のズボンを渡され、それに着替えて浴室へ入る。サウナのようなものかと思っていたのだが、イメージとまったく違って驚いた。内装はモスクのようになっており、五十畳以上ありそうな広い空間の中央に、温まった大理石の台が置かれている。その上に横たわって身体を温めるというので、岩盤浴のようなものか。

「無理はするなよ。水分はこまめにとれ」

　ジュードがまめに世話を焼いてくれる。無愛想だが面倒見のいい男だ。先ほどのパブでも、なにが食べたい、飲み物はどうする、これはわかるかなど、いちいち丁寧に確認してくれていた。

　彼に倣って石の上に横たわった。まもなく大量の汗が全身から流れてくる。二十分ほど汗を流し、いったん休憩してもういちど温まる。疲れたので俺は先に切りあげ、汗を流して休憩室へ戻った。

休憩室はホテルの個室のような感じで、リクライニングチェアが二脚とベッドが二台。部屋で食事をすることもでき、宿泊も可能だとか。

リクライニングチェアはつま先まで乗せられるタイプのもので、ひじ掛けはない。

俺は服を脱ぎ、腰にタオルを巻いてリクライニングチェアに横たわった。心地よい疲労感で眠くなる。うとうとしかけたら音がして、目を開けるとジュードがすぐ横に立っていた。

彼も服を脱ぎ、腰にバスタオルを巻いただけの格好だ。グラスで水を飲んでいる。嚥下《えんか》する喉の動き。鎖骨から肩、腕にかけて適度に盛りあがった筋肉。厚い胸板と綺麗なラインの背筋、引き締まった腰まわり。すべてがセクシーで、目が釘《くぎ》付けになった。

顔だけじゃなく身体もタイプだ。それは、服を着ているときからわかっていた。できるだけ考えないようにしていたのだが、実物を見てしまったらもうだめだ。

意識したら鼓動がせわしなくなってしまい、困った。

触れてみたいと思う。抱きしめられたいと思う。喉を鳴らしそうになる。

彼の喉が水を飲むたびに動く。首筋に汗が伝う。

品のないことだと思うが目をそらすことができず見つめ続けていたら、彼がこちらをむいた。

「汗は引いたようだな。香油は塗ったか」

「香油？」

「これだ」

ジュードがグラスをサイドテーブルに置き、その横にあった小瓶を手にする。そして手のひらにたらし、自分の首筋に塗り込んだ。胸や腕にも筋肉に沿って塗っている。その動きがセクシーというかなまめかしいというか。見ているとドキドキしてしまって目をそらそうとしたが、やっぱり見続けてしまった。

「横になると、しばらく動くのが億劫《おっくう》だろう。塗ってやろうか」

塗るのが当然という態度である。

よくわからないが、香油を塗るのがマナーなのだろうか。そういうのはあまり必要ない気もするが、郷に入れば郷に従えと言うし、冬場で肌が乾燥するから保湿剤として塗っておいてもいいか、などと考えていたら、自分で塗れると断りそこねた。ジュードが俺の横たわるリクライニングチェアの端に腰かけ、香油をたらした手で俺の手首に触れる。

その手がゆっくりと腕を滑り、香油を肩まで塗り広げる。二回往復すると反対側の腕もおなじように撫でさすられ、両手で両肩から首筋を撫でられる。香油の甘く濃密な香りが部屋に充満する。食事の際の豪快さはなりを潜め、丁寧で繊細な指使いで触れられて、まるでマッサージでも受けているようだと思い目を閉じかけたとき、その両手が胸へと下り、乳首に触れた。

あ、と思ったとき、手が離れていった。

ジュードが手のひらに香油を足す。

その手がふたたび胸に触れた。乳首よりもすこし下の位置に両手が置かれる。大きくて厚みのある手のひらは熱く、先ほどよりもぬるぬるしていた。

指を広げ、胸全体を包み込むようにしながら、ゆっくりと上に這《は》いあがってくる。

あ……。このままだと、また乳首にさわられてしまう。

無意識にごくりと唾を呑み込んだとき、彼の両方の人差し指が、俺の乳首に触れた。わずかに力を込めて、指の腹で先端を押し潰される。

しかし触れたのは偶然だとでもいうように、手はおなじペースでゆっくり上へあがっていく。指の腹で押し潰された乳首は、そのまま指の付け根にむかって擦《こす》りあげられる。乳首が手のひらの中央までたどり着くと、彼の手は上方向へ進むのをやめ、香油を胸全体に塗り広げるように、円を描く動きをした。

彼の手のひらの下で、俺の乳首が捏《こ》ねるように転がされる。手の動きは、はじめはちいさな円で、すこしずつ大きな円になっていく。

「……っ」

さすがに妙な気分になり、鼓動が速くなる。

胸をさわられているので、ドキドキしているのが伝わっていないか心配だ。恥ずかしく思いはじめたとき、人差し指と中指のあいだに、両方の乳首が挟まれた。

「っ」

びくりと身体が反応したら、手はすぐに離れた。

なんだ、いまの。偶然？　それともわざと？

「悪い。痛かったか？」

「いや……平気」

謝ってくるということは、偶然だったのだろうか。

そっと胸元を見下ろすと、ピンク色の突起がツンと硬く勃《た》ちあがっていた。

そりゃあ、あんなふうにさわられたら勃つだろうし、外気に触れただけだってそこは反応するものだ。そう自分に言いわけしてみるが、恥ずかしくて頬が熱くなる。

離れていた彼の手が、たっぷりと香油をまとい、今度は脇腹に触れてきた。ゆっくりと、ぬるぬると塗り広げられる。そしてまた、じんわりと上へとせりあがってくる。

また、来た……。

待ち構えるように息を吸い込む。

胸へと戻ってきた指先が、また乳首に触れた。今度は親指だった。勃ちあがった茎を折り曲げるように押された。

「っ」

その刺激に、先ほどよりも大きく身体が反応し、びくりと震えた。恥ずかしくて俺は目を瞑った。

いったん腹のほうへ下りた手が、へそを撫で、そしてまた胸に戻ってきて乳首に。

指を大きく広げた状態で、胸の中心から脇腹へむかうように動き、小指、薬指、中指、人差し指、親指と順番に嬲《なぶ》られた。それはあくまでも香油を塗り広げる動きのはずなのだが、べつのことをされている錯覚に陥り、頭は混乱し、身体は反応する。指が一本ずつ通過していくごとに、突起がぷるんぷるんと揺れているのが自分でもわかって、羞恥で身体が熱くなる。

「……っ、……っ」

これは本当に偶然なのか？

純粋に、香油を塗っているだけなのか？

いったいなにをされているのか。

薄目を開けて見てみると、脇にいた手が胸の中心へ戻ろうとしていて、今度は親指から順番に乳首を嬲られた。

俺の胸も彼の手も香油まみれでぬらぬらしている。

突起は特に、照明を浴びて光っている。先ほどはピンク色だったが、いまは興奮しきった様子で真っ赤に染まり、じんじんと腫れあがっているようだった。それが指で茎を折り曲げられ、押し潰される。指が通り過ぎると香油のしずくを滴らせながら勢いよくぷるんと勃ちあがるさまは、なんとも卑猥《ひわい》だった。

「っ、っ……」

歯を食いしばっても甘い声が漏れそうだった。

そうして指先が乳首に触れるたびに身体がびくびくと反応してしまう。ジュードは黙々と手を動かしており、俺の反応に気づいているのかどうか。

乳首をなんども弄《いじ》られていると、そこから疼くような感覚が生じ、腰がむずむずしてきた。

もうやめてほしいと言いたくなったが、そう告げることで感じているとばれるのが恥ずかしい。乳首ばかり集中して弄られているわけではなく、たまに腹や腕のほうに離れたりもするので、彼は純粋に香油を塗っているのだろう。いやらしいことをされているわけではないのに感じているなんて。やめてとは言いだしにくい。息を殺そうとしたら、ますます心拍が加速し、身体が熱くなってきて、逆に大きく息を吸い込まねばならなくなった。

はあ、と熱い吐息が漏れる。

このままでは下腹部が反応しそうだ。いや、もうすでに硬くなっているだろう。せめてそれ以上は反応しないように、耐えようとして膝を擦りあわせ、もじもじしだしたとき、彼が身を離した。

これで終わりかとほっとしたのもつかの間、今度は足に香油を塗られた。敏感な指のあいだや足の裏に触れられ、くすぐったくて引っ込めようとしたら、彼の手が足首へ移動した。その辺りならばマシだ。気持ちを落ち着かせ身をゆだねる。

だが落ち着いていられたのは膝下までだった。内腿《うちもも》を撫でられると、これはまずいと気づいた。腰に巻いたタオルぎりぎりのところまでを撫であげられ、ひえっと心の中で声をあげたが、膝のほうへ戻ったので安堵《あんど》した。だが、また這いあがってきた両手が、今度こそ腰のタオルの中へ滑り込んできて、脚の付け根を撫であげた。

「っ……！」

ぞわりと腰が震えた。全身の血流が、一気に速まる。

「ちょ……」

反射的に身じろぎし、彼の腕をつかんだら、腰のタオルがはだけてしまった。中心は硬くなっている。それを見られたらと焦って身を起こしかけたとき、彼の腰に巻かれていたバスタオルも結び目が緩んで床に落ちた。

目に飛び込んできたのは、硬くそそり立つ彼の猛《たけ》り。

その大きさといやらしさに思わず息を呑んだ。そういえば外国人の、それも興奮した状態のそれを見るのは初めてのことかもしれない。

「ちょ……それ」

そこを見つめながら思わず呟くと、彼は興奮で目元を赤くしながらも、悪びれず、隠そうともせず言った。

「言っておくが、香油を塗ろうと言ったのは純粋に親切心からで下心じゃない。だが好きな相手の身体にさわって興奮しない男なんてこの世にいないんだ。わかるだろ。しかもさわったら、相手は素直に反応してくれるんだ。そりゃ、こうなる」

「……」

視線をあげると、情欲に濡《ぬ》れた艶のある色っぽい瞳とぶつかった。

彼の瞳に映る俺も、欲情した顔をしている。

彼の顔がゆっくり近づく。

俺がすこしでも横をむけば、きっと彼は離れていくだろう。だが俺は拒むことなど露も思わず、青い瞳を見つめ続けた。首筋から耳の後ろが熱くなる。拍動がどくどくとうるさい。灰色がかった青い瞳は燃えさかる炎のようで、焼かれそうだと思いながら見ているうちに焦点があわなくなる。彼の顔がすこしだけ傾き、唇が触れた。柔らかく、しかし強く押しつけられ、反射的に唇を開くと、舌が差し込まれた。

昨日のキスと異なり、遠慮がない。大きな口に食べられそうだと思った。

ぬるりとした舌で口内を舐《な》められ、感じる場所を探し当てられる。舌の側面や上顎。はじめはくすぐったく思ったが、すぐに背筋がぞくぞくしてきて、快感を覚えた。気持ちがよくて力が抜ける。

深く濃厚なキスを交わしながら、彼の両手が俺の耳の後ろから包むように触れ、首筋を撫でる。送り込まれた唾液を呑み込んだ拍子に動いたのどぼとけも、どこか隠微なしぐさで撫でられる。

気持ちいい……。

酩酊《めいてい》したように頭がぼんやりしてくる。

「ん……ふ」

彼の舌にたぶらかされるように、気づけば俺も積極的に舌を差しだしていた。

キスをした経験も記憶もないから、上手い下手などはわからない。だが彼のキスは好きだと思った。口の中を舐められると脳が溶けそうなほど気持ちがいい。

なんども角度を変えて互いに舌を絡めあう。重なる唇のあいだから熱い吐息が零れ、徐々に興奮を抑えきれなくなってくる。

もっと、触れたい……。

俺は無意識に彼の手の甲へ自分の右手を重ねた。そこから腕へと手のひらを滑らせ、肩まで撫でる。やや汗ばんだ張りのある肌、逞《たくま》しい筋肉の形を手のひらに感じる。

俺の動きに触発されたか、俺の首の辺りを撫でていた彼の手が、鎖骨をなぞり、胸へ滑り下りた。そして乳首に触れる。

先ほどの香油を塗っていたときとはまったく違うさわり方だった。ほどほどに筋肉の乗った胸を揉《も》みながら、明確な意図をもって、そこを刺激してくる。硬く勃ちあがっているそれを、弾力を楽しむように指の腹で押し潰し、人差し指と親指で摘《つ》まむ。強弱をつけて揉まれ、引っ張られ、じっとしていられない感覚を覚えて下腹部がわななないた。

身体の中心が熱い。自分の猛りの先端からとろりと液体が溢《あふ》れる感覚を覚えた。そこを直接刺激されているわけでもないのに、先走りを零すほど気持ちよくなっていることに困惑する。

「ん、ん……」

得体の知れない快感にのどが鳴る。絡んでいた彼の舌が口の奥まで侵入し、愛撫《あいぶ》してくる。やや苦しさを覚え、それに気をとられたとき、硬くなっていた猛りに触れられた。裏筋を撫でられ、大きな手にやんわりと握られる。

「……っ」

その感触に声をあげそうになったが、彼の唇に吸い込まれた。

先端から溢れたものを親指でぐりぐりと塗り広げられ、強い刺激に驚いて身をよじった。

猛りを握る手がいったん離れ、ふたたび触れてくる。香油で塗らしたらしい。ぬるついた手のひらで扱《しご》かれ、茎もぬめりを帯びる。ゆったりとしたリズムで、程よく締めつけながら擦られて、腰が甘く痺れた。

香油を塗ってもらっていただけなのに、どうしてこんなことになったのだったかと一瞬思ったが、与えられる快楽に頭が沸騰し、なにも考えられなくなる。彼の肩に縋りつき、必死に快感を追いかける。

舌は快感で震え、動かすことなどできなくなった。それでも彼の舌は一方的に、俺の口の中を舐め溶かす。キスを続けながら、乳首も中心も弄られ、全身がアイスクリームにでもなったように蕩けてグズグズになる気分だった。

全身を駆けめぐる熱が下腹部に集中する。こういう行為をするのがいつぶりかわからないが、すくなくとも記憶を失ってからは処理をしていなかったからそれなりに溜《た》まっていたようで、さほど時間をかけずに高みに上りつめた。体内の液体がすべて沸騰したように熱く沸き立つ。まぶたの奥でなにかが点滅する。

来る、と思った。

その瞬間に塞がれていた唇が解放され、油断していた俺は思いきり嬌声《きょうせい》をあげてしまった。

「あ、あ……っ」

身体を大きくしならせながら、彼の手の中に熱を吐きだした。

頭が真っ白になり、身体から力が抜ける。大きく息をつくと、彼の手が離れていった。

彼はタオルで残滓《ざんし》を拭うと、汗で額に張りついた俺の髪にちょっと触れた。

「悪い。俺のこと、覚えてないのにな。つい、やりすぎた」

彼はまだ、熱のこもったまなざしをしている。中心も硬くしたままだ。だがそれ以上触れてこようとしない。それどころか腰を浮かせ、離れようとする。

まさかこれで終わりにするつもりか。自分だってあんなに興奮しているのに。

俺に遠慮して我慢しているのだろうが……どうしよう。

自分だけ気持ちよくしてもらって、彼の欲望を見て見ぬふりをするのは申しわけない気がする。

それに、お返しにしてあげるべき——というよりは——自分も彼に触れたい気がした。

それだけでない。正直に言うと、もっと、触れてほしいとも思った。

いちど達《い》ったが、なぜだかそれだけで満足できなかった。いまのが呼び水になったとでも言おうか、むしろ身体の熱があがっている。

触れたい。触れあいたい。とはいえ自分から誘うのは勇気がいる。

言いだせず、どうしようかと思ったが、迷いを消し去るような考えが脳裏をよぎった。

彼は俺の身体にためらうことなく触れた。それは、すでに関係を持っているからではないのか。

恋人同士だったら、ためらうことなどないんじゃないか。

恋人同士だったら、身体を繋げることでなにか思いだすかもしれない。

それに昨日思ったではないか。本当は恋人じゃなかったとしても、恋仲になることでゲームの未来を変えられるのかもしれないと。

欲望が大義の盾をかざして、羞恥心を追いやる。

俺は唾を呑み込んだ。

「……あの」

ためらいを振り切り、ええいままよと、離れていく彼の腕をつかむ。

「いいんですか……そっちは、その……それ」

「あー。トイレで抜いてくる」

「……でも」

「なんだ。してくれるのか」

冗談めいた言い方だったが、俺の思いつめた顔を見て、彼は動きをとめた。

「シリル……？」

「……どうしたらいいか、教えてもらえたら……」

「……おい。本気か」

頷くと、彼が驚いたように息をとめ、俺を凝視した。

「俺と……続き、したいんじゃないですか」

視線を受けて恥ずかしさが込みあげたが、いまさら撤回できない。これは自分の未来のためだと己に言い聞かせ、言葉を重ねる。

「俺たち、恋人同士だったんでしょう。続き……してください」

彼がためらうように、しかし欲情を滲ませた低い声で尋ねてきた。

「しかし……覚えてないいんだろう。いいのか」

「してください」

ためらう男を誘う手口など知らない。経験などないのだ。興奮で煮えた頭をどうにか動かし、理屈で誘う。

「そうしたら、思いだすかもしれないから。ヴァイオリンのとき、以前したことを反復することでどうとか言っていたじゃないか」

彼の腕をつかむ己の手を見下ろしながら、自分でも、いったいどうしてしまったんだろうと思う。

ほとんど知らない相手なのに、自ら誘うだなんて。以前の自分では考えられないことだ。必死に誘う理由は、もちろん記憶を思いだしたいからではない。デートに誘ったのだって、そうだ。

恋人だったら身体を繋げることで記憶を思いだすんじゃないか、とか。恋人じゃなくても恋仲になることでゲームの未来を変えられる、とか。すべて後付けの言いわけだ。

どうしてなのか、考えてもわからない。

ただ、この男に惹かれていることだけは、はっきりと自覚している。

記憶もないのに、理由もわからず惹かれてしまう。慄《おのの》きながらも身体が求めている。

恋に理由なんてない。時間なんて必要じゃない。そんな開き直りのようなことを思いながら、実力行使とばかりに思いきって彼の首に腕を伸ばした。

「シリル」

彼がぎりぎりかぶっていた理性の仮面を脱ぎ捨てたのが、その表情の変化で見てとれた。完全に雄の顔になり、俺の上にのしかかる。

リクライニングチェアが、男ふたり分の重さでぎしりと大きく軋《きし》んだ。それにかまわずジュードは俺の首筋に顔を埋《うず》め、性急なしぐさで俺の両脚のあいだに手を差し込んだ。

興奮で、低くかすれた声が尋ねてくる。

「続きというのは、どういうことを想像してる？」

「どうって……」

「俺の考えている続きは、ここで繫がることなんだが」

彼の指先が、奥にある入り口に触れた。反射的に身体がこわばる。

「本当に、いいのか」

俺は黙って頷いた。

前世では経験したことがないので、不安がないと言ったら嘘になる。だが恋人だったなら、記憶がなくてもこの身体は彼を知っているのだから、彼にゆだねていればいいはずだ。

これからはじまる行為を思うと緊張と不安と期待が渦を巻き、喘《あえ》ぐような呼吸を繰り返しながらぎこちなく片膝を立てた。彼の手が動きにくそうだったので、動きやすいようにと単純に思ってそうしただけだったのだが、結果として脚を広げて誘っている感じになった。

耳元で聞こえる彼の呼吸が荒くなった。

香油をまとった指が入り口から陰嚢《いんのう》までの隘路《あいろ》をなんども往復する。入り口の周囲も丹念に濡らされ、もういちど、中指の腹が入り口に触れた。ぐっと押され、爪の先が入り込んできた。と思ったら、出ていく。襞《ひだ》に香油を塗り込むようにして、もういちど入ってくる。今度は爪の先だけでなく、第一関節まで入ってきた。異物感に思わず力んだら、そこで侵入がとまる。

「力、抜いてろ」

気を散らすように耳を甘噛みされ、首筋を吸われ、唇にキスを落とされる。舌を絡めるキスをしながら、入り口を緩めるように指を小刻みに動かされる。

やがてゆっくりと、指が潜り込んできた。慎重な動きで根元まで挿《い》れられると、粘膜のあちこちを刺激しながら引き抜かれる。時間をかけてそれを繰り返されているうちにそこの感覚がおかしくなってきて、熱く痺れてきた。緩んできたようで、指が二本に増やされる。広げるような動きをされると、そこに本当に入るのだろうかと不安が頭をもたげたが、なんども香油を足され、丁寧にほぐされ、三本目が入る頃にはそこはひどく柔らかく変化し、とろとろに蕩けそうなほどになっていた。抜き差しされるたびにじんわりとした快感も覚えはじめ、不安は頭から抜けた。

もっと奥を貫かれたい。もっと太いもので広げられたい。そんな願望が押し寄せて、気づけば自ら両膝を立て、脚を広げていた。

「ん……ふ、ぁ」

唇を解放され、指を引き抜かれた。リクライニングチェアの背もたれを倒され、フラットになる。すぐ横に広いベッドがあるというのに、そちらへ移動する余裕もないほど互いに興奮していた。

脚をさらに大きく開かされ、入り口に彼の猛りをあてがわれた。興奮しきったそれがぐっと押しつけられると、蕩けた入り口がぬぷりと開いた。さらに押し進められ、笠《かさ》の部分がじわりと中に入ってくる。

「あ……あ」

予想以上に広げられている感覚。一番張りだした部分が体内に埋まり、それに続く茎が入ってきた。

「だいじょうぶか」

「ん……」

猛りにも香油を塗ったのか、ぬるぬるした触感。滑りよくスムーズに入ってくるが、その硬さと熱さ、太さは想像以上で、恐怖を感じた。しかしそれは一瞬のこと。粘膜を擦られながら太く硬いものに身体を開かれていく感触に、めまいがするほどの快感を覚えた。

初めてで、それもただ挿入されているだけで、これほど感じるものだろうか。

そんなはずはない。この身体は受け入れることに慣れていると思えた。やはり俺は記憶をなくす前、彼に抱かれていたのだろう。

すべてが収まると、俺のそこは喜ぶようにキュウっと彼のものを締めつけた。

ジュードが呻《うめ》く。

「う……」

「ご、め……痛かったですか？　なんか、身体が勝手に」

「いや、痛いんじゃなく、逆だ。締めつけ具合がめちゃくちゃよくて。そんなことされたら、すぐに達くだろ」

「そんなこと、知らな……」

「すこし、待つか」

彼は動かずに俺を抱きしめ、馴染《なじ》むまで待った。彼の猛りと俺の粘膜が隙間なく密着しているのを感じる。中にいる彼がひどく熱く、どくどく脈打っている。すこし身じろぎすると、中もぬるりと動き、当たる角度が変わる。それだけでも気持ちよかった。これを抜き差しされたらどうなってしまうのだろうと思うと、期待と不安で心臓が破裂しそうだ。

「そろそろいいか。動くぞ」

ジュードが荒い息をつき、ゆっくりと動きだす。どっと血流が増し、さらには逆流するような強い感覚に見舞われる。

「あ……っ、……っ」

すぐに気づいた。奥のほうと浅いところに、ひどく感じる場所がある。硬い先端で奥を突かれ、浅い場所を擦られると、眼前に火花が飛ぶような強烈な快感に見舞われた。

彼は的確に、いい場所を突いてくる。なんどもなんども抜き差しされ、身体が熱くなる。トルコ風呂以上に汗が流れ落ちる。

たまらなく気持ちがよかった。

突かれるたびに腰が甘く蕩け、煮詰めた林檎《りんご》のようにグズグズになる。

与えられる快楽に我を忘れ、自らも腰を振って夢中で貪る。

「気持ち、いいか」

ジュードが興奮しきったまなざしをして、息を乱して訊いてくる。

「ああ……、いい……、ぁ……っ」

素直に答えると、奥のいいところを小刻みに揺するように突かれた。そうされながら前

も弄られるからたまらない。快感が体内で弾《はじ》け、声にならない悲鳴をあげた。

気持ちよすぎて涙が溢れ、つま先まで痺れだす。堪《こら》えようと力を込めたら、彼を受け入れている場所まで締めつけてしまったようで、よけいに猛りの存在感と快感を覚えた。

ジュードもその刺激を受け、奥歯を食いしばる。

「悪い。もう達きそうだ」

呻くような声で限界を知らされる。俺のほうも達きそうだった。

「俺も……っ」

答えて彼の腰に足を絡ませ、首に腕を巻きつける。奥を突かれるたびに振り子のように揺すられて、快感が耐えきれないほどにせりあがる。中心は彼の下腹部に擦られ、内腿を震わせながら二度目の絶頂を迎えた。

「——っ」

その直後、強く抱きしめられ、粘膜の奥に熱い液体を注がれるのを感じた。

「ぁ……、ん、それ……、ぁ……」

達っているところに中出しをされたら、強烈な快感で意識が飛びそうになった。すごく気持ちいい。

「もうちょっと……」

それで終わりかと思ったら、また小刻みに奥を擦られ、中出しされる。

「ひ、ぁ……！」

それはぐちゅぐちゅといやらしい水音を立てて、長く続いた。それだけ俺の絶頂も長いものになった。とてもたくさんの量を注がれていると思ったら、羞恥と快感が入り混じったような恍惚《こうこつ》感すら覚えた。それが収まると、ふたりそろって大きく息をついて脱力した。

驚いた。ものすごく、よかった。

なかば放心していると、覗き込むように目をあわされ、キスをされた。

「好きだ……」

唇が離れると、呟くようにささやかれ、胸がじんと痺れた。

それからゆっくりと猛りを引き抜かれると、背に腕をまわされ上体を起こされた。

「な、に」

「たくさんだしたから、ださないと」

え、と思うまもなく中に指を入れられ、だされたものを掻きだされる。その刺激に、敏感になっていた身体が大きく震えた。

「あ、やめ……っ」

彼の身体に縋りついて耐える。不快なのではない。その逆だった。

あやすように背を撫でられ、耳元でささやかれる。

「思いだしたか」

俺は首を振った。

「……よく、わからない」

「そうか」

指が体内で蠢《うごめ》き、いいところを刺激した。

「あ……、そこ……、っ……ん」

「そんな色っぽい声をださないでくれ。また抱きたくなる」

ジュードが熱い吐息をつく。

そんなことを言われても。文句を言おうとして男の顔を見たら、彼はまだ欲情の収まらない目つきをしていた。

「できるなら、もっと抱きたいんだ。いちどじゃ足りない」

熱っぽくささやかれる。

俺も、二度も達ったにもかかわらず、まだ熱が燻《くすぶ》っている。

俺は文句を呑み込み、代わりに言った。

「……まだなにも思いだせないんだ」

俺も彼とおなじような目つきをしているかもしれないと思いつつ、熱を込めてささやく。

「だから……もういちど抱いて、思いださせてほしい」

未来の殺人者である彼に、そんなことを口にしている自分が信じられなかった。だが口も身体もとめられなかった。

「思いだすまで、突いてくれ」

刹那、嵐に攫《さら》われるような勢いで担ぎあげられ、となりのベッドに押し倒された。


その後ベッドで何度も抱きあい、気を失うように眠ってしまったため、帰宅は夜になった。どうにか歩けはしたが、身体のあちこちが痛くて老人のような足取りになってしまい、ハーマンに何事かと驚かれた。トルコ風呂でのぼせたのだと言いわけしたら納得してもらえたが、よけいな心配をかけた。

翌日も疲労が残っていて、バーナードからのテニスの誘いをキャンセルして午前中は横になって過ごした。午後になると回復してきたので書類の確認でもしようと書斎に入ったが、昨日のジュードとの情事ばかりが頭をめぐり、書類確認などちっとも進まなかった。

脳髄まで痺れるようなひとときだった。思いだすだけで身体の芯が甘く震え、思わず己の両腕を抱きしめる。

あんな快楽は初めてだった。

身体を繋げることがあれほど気持ちがいいなんて、知らなかった。

前世の頃、自慰で後ろを弄ってみたことはあったが、ちっともよくなかったのに、昨日は後ろで感じていた。乳首でも感じていたし、彼に触れられたところはすべてが感じた。

後ろでも乳首でも感じるなんて、この身体、すでに開発済みではないか。相当彼に馴染んでいるようだ。それだけでなく元々身体の相性がいいのか知らないが、ともかくこれは溺れる、と思う。

未来の殺人犯とのセックスに溺れるなんて、だいじょうぶなんだろうか俺。

整合性のないことをしているとは、自覚している。

昨日よりも落ち着いた頭で考えてみても、抱きあってしまってよかったのか、よくわからない。ただ、彼との関係をあれで終わりにしようとは微塵も思えない。それどころかまた抱かれたいと思っている。誘われなかったら、きっと自分のほうから誘ってしまうだろう。

とても、一夜で忘れられるものではなかった。

思いだして火照った身体を持て余していたら、彼から連絡が来た。夕方からオペラを観に行かないかとの誘いで、すぐさま了承し、着ていく服を選ぶ。

オペラハウスは貴族の社交場だから正装で、シルクハットと手袋は必須。ここはドレスコードが厳密だ。ＴＰＯにあわせた服装については、ハーマンやバーナードから学習し、ひとりでも選べるようになった。覚えてしまえば簡単で、制服と一緒。コーディネートに悩む必要がなくていい。

前世でオペラを観たことはない。ハーマンに訊くと、バーナードたちとたまに行っていたらしい。いまの俺はオペラにさほど興味はないが、ジュードに会えるならなんでもよかった。

早く。早く会いたい。テールコートを着て時間が過ぎるのをもどかしく待っていると、約束の時間にジュードの馬車が迎えに来た。馬車に乗り込み、奥にすわる彼と目をあわせると、胸が熱くなった。胸だけでなく、昨日彼を受け入れた場所も、じわりと熱く疼いた。

今日は一日ずっと、彼とのセックスを思い返していたのだ。すぐさま抱きつき、キスをねだりたい衝動にかられたが、急にそんな態度をとるのもはしたなく思い、すました顔を取り繕ってとなりにすわった。

「身体は平気か」

馬車が動きだすなり真っ先に訊かれ、俺は赤くなって頷いた。

「昨日はだいぶ無茶をさせたから、心配していた」

彼の手が、俺の手をそっと握った。

「おまえのことが気になって、今日は仕事が手につかなかった」

甘く見つめられて、胸がドキドキしてしまう。馬車が走る音よりも心臓の音のほうがうるさく感じるほどだ。

見つめあっているとどうにかなりそうで、俺はいったん車窓に目をむけた。

「俺たち、一緒にオペラを観たことがあるんですか」

「ないな。これが初めてだ」

呼吸を落ち着かせ、目を戻す。

「オペラ、好きなんですか？　それとも俺が好きだったから？」

どうしてオペラに誘われたのだろうと思い尋ねたら、真顔で返された。

「俺はさほど興味ないな。おまえはたまに観に行っていたようだが、どうかな。おまえの友人がこの演目に出る女優のファンで、そのつきあいで時々行っている感じだった」

「じゃあ、以前に観たことあるかな。観たら思いだすと思って誘ってくれた？」

「ということにしてくれていい。本音はただ会いたかっただけだ。口実はなんでもよかった」

あまりにもストレートすぎるセリフに赤面するしかない。

貴族の紳士ならば婉曲《えんきょく》な言いまわしで恋の駆け引きを楽しむものではないかと思うし、一般人だってもうちょっとオブラートに包むだろう。

「俺以外にもそういう歯に衣《きぬ》着せぬ言いかたをするんですか？」

「だいたいそうだな。おかげで貴族連中には大概嫌われてる」

肩をすくめて言われ、俺は笑った。

「直す気はないんだ」

「そうだな。おまえがこういう俺を好きだと言ってくれるからな。どうでもいい貴族連中に好かれるより、おまえに好かれていたい」

俺はまたもや赤面して二の句が告げなくなった。

口を開けば口説かれて、どんな顔をしたらいいのかわからない。

「もう……そんなに口説かなくていい」

赤い顔を車窓へむけると、手を強く握られた。

「聞き飽きたか。でもやめるわけにはいかない。おまえが俺のことを思いだすまで口説き続けると神に誓ったんだ」

「そんなこと誓わないでください」

「それは……、そうだな。嫌がることを続けて嫌われたくもないから、多少控える」

思いのほかシュンとした声が返ってきた。

べつに嫌がっているわけでも怒ったわけでもないが、誤解されたか。

「いや、べつに、嫌なわけじゃなくて……恥ずかしくなっただけで……」

とっさに言いわけしたが、反応がない。

顔を戻すと、彼も照れたように口元を覆い、目元を赤くしていた。なんだその反応は。

「記憶をなくしていても、おまえはおまえだな」

どこが、と訊こうとしたら、彼が続けた。

「可愛いな」

頬が熱くなる。

「なにを、急に」

我慢できないといった仕草で肩を抱き寄せられた。

「キスしたい」

熱っぽくささやかれ、顔が近づく。

「馬車、揺れてる。舌嚙むから」

そう言いながらも俺は目を伏せた。

「触れるだけ。顔を見た瞬間からずっと我慢してたんだ。もう我慢できない」

俺だって、キスしたかった。

唇が重なる。オペラハウスに着くまでじゃれあうように触れるだけのキスを続け、馬車がとまるや否や舌を絡めあった。唇から彼の熱が身体に染み込んで、内側が隅々まで火照って蕩ける。到着しても離れがたかったが、御者に見られるのも嫌なのでおとなしく馬車から降りた。

「席は」

「四階だ」

紳士淑女が歓談している華やかなホワイエを通り、四階の指定席へむかう。

「ふつうに食事に誘うだけじゃ芸がないと思って、急遽《きゅうきょ》チケットを融通してもらったんで、いい席じゃないんだが」

「問題ないです」

途中、同世代の男にジュードが声をかけられた。

「おや、ジュード」

親しげな様子で、どうやら知りあいらしい。

「こんなところにきみが顔をだすなんて、めずらしいな」

「たまにはな」

ジュードは歩む速度を緩めたが、ひと言言葉を交わしただけで、立ちどまらず先に進む。

「もうはじまりそうだ。また今度な」

相手が俺たちを交互に見て、なにか言いたげな顔をしつつ見送る。

これまで親しくなかったはずのふたり組だから、ふしぎに思ったのかもしれない。

「いまのは学生時代の友人だな。おまえも記憶があれば、見覚えくらいはあるはずだが」

「そうですか……」

正直、頭の中はジュードの友人やオペラよりも、そのあとのことで頭がいっぱいだった。

キスで火がついてしまった身体がうずうずし、会話も上の空になってしまう。

ジュードのほうもそれきりろくに話しかけてこない。歩きながらふと見ると、じっと見つめられていた。

欲情しているのを見透かされているような気がして、どぎまぎする。

「なんです。じろじろ見て」

「そりゃ見るだろう。オペラを観たくておまえを誘ったんじゃない。おまえを見たくてオペラに誘ったんだから」

そんなことを言われたら、オペラを観る意味がわからなくなってくる。誘いを受けた手前、もうオペラを観るのはやめようとは言いだせないが。

「だったら……ふつうに食事にでも誘ってください」

「次回はそうする」

着いた場所は個室のように区切られた空間で、四人分のソファがあるが、この時間に利用するのは俺たちふたりのみとのことだった。

柱が邪魔で舞台全体が見えない場所ではあったが、問題はない。ソファにすわろうとしたらジュードに腕を引かれ、柱の陰に連れ込まれた。抱きしめられ、先ほどの続きとばかりにくちづけられる。

熱くなった身体はまだ冷めていない。すぐに火がつき、深いキスを交わした。キスをしながら腰や背中をゆったりと撫でられる。それからうなじや喉元を確かめるような慎重な手つきで触れられたと思ったら、今度は大胆に尻を揉まれ、割れ目を指先で擦られる。昨日の記憶がよみがえり、興奮で下腹部が熱くなった。

「ん、ぁ……」

この男に触れられると、どこもかしこも蕩けそうになる。すぐに気持ちよすぎて立っていられなくなった。

「あ……ふ……、もう……」

「……俺も限界だ」

ずるずると崩れ落ちそうになり、ジュードに抱きとめられる。その際、互いの下半身を押しつけあう形になってしまった。ふたりともおなじくらい硬く、興奮した状態になっている。

「ぁ……」

身じろぎしたら擦れあって、さらにまずいことになった。欲望のままにこんなところでサカってしまったが、このままでは収まりそうにない。どうすればいいのか。

「しかたないな」

「あ……なにを」

彼は俺をソファにすわらせると、足元に跪《ひざまず》いた。

「楽にしてやる」

「え……」

「こんな状態で、歩けるか？　無理だろ。俺だってそうだ」

「だが……こんな場所で……」

左右と通路側は壁と扉で塞がれているが、劇場はU字型になっているのでむかいの客席から見えるはず。いくら距離があると言っても、オペラグラスを持っている客も多い。

「だいじょうぶ。最上階だし、柱の陰だ。オペラグラスで覗かれても胸より下は見えないだろう。立ちあがらず、ふつうにしてろ」

ズボンのボタンをはずされ、下着の中から猛りを引きだされた。そして大きな口に咥《くわ》えられる。

「……っ」

生暖かい口内に包まれ、声が出そうになる。片手で口元を隠し、奥歯を噛みしめて耐えた。

ぬるついた舌で敏感な先端を舐められ、柔らかく吸われる。唇に圧をかけて喉の奥まで呑み込まれ、ねっとりと舌を絡ませながら引き抜かれていく。

いつ誰に見られるか知れないこんな開放的な公共の場で、なにをしているのか。

上半身は手元の小難しい本でも見ているような顔をして、下半身は脚のあいだに男の頭を挟み、みだらな行為をさせている。個室とはいえ鍵がかかるわけではない。給仕が飲み物の伺いに来るかもしれない。支配人があいさつに来るかもしれない。それなのに。モラルに反すると理性は焦るのに、身体は抗えない。

息を殺して凝視していると、彼が上目遣いに見あげてきた。

興奮しきった獣のようなまなざし。彼はそれを見せつけるようにゆっくりと口から引き抜いていく。唾液にまみれて濡れた根元を持ち、舌先で裏筋を舐めあげる。

卑猥な光景に脳みそが沸騰する。

オーケストラがチューニングをはじめ、場内が暗くなり、舞台の幕が開く。迫力ある舞台だったが、それどころではなかった。

身体が熱い。先走りが溢れる。もう、達きそうだ。だが理性が邪魔をして、達きそうなのに達けない。

焦りと快感と興奮が入り混じり、涙が滲む。

ジュードは俺のものを咥えながら、自分の猛りを手で扱いていた。

俺にはこんな真似《まね》をしながら、自分は自慰で済ますつもりだろうか。気になってますます達けない。

「ちょっと……離して……」

俺は彼の頭に手をやり、動きをとめさせた。

「どうした。達っていいぞ」

彼がいったん口を離して言い、ふたたび咥えようとする。俺はそれをとめ、床に膝をついた。

「無理」

「無理って……もう達きそうだろ」

「無理なんです」

俺は欲情と羞恥で潤んだ目をむけた。

「……挿れてくれないと、達けない」

自己処理するぐらいなら挿れてほしい、と思った。

こんな場所でとは思うが、どうせもう、相当ハレンチなことをしているのだ。他人から見たら大差ない。

彼に背をむけてズボンと下着を膝まで下ろし、ソファの座面に上体をうつぶせる。そして首を捻って振り返り、両手で尻の肉を広げ、入り口を見せるようにして誘う。

「早く……」

ジュードが獣のように目をぎらつかせ、俺の尻にむしゃぶりついた。中に舌を挿れられ、粘膜を濡らされる。指も入ってきて、性急にほぐされると、舌と指の代わりに逞しいものを押しつけられ、貫かれた。

「う……んぅ」

そこを太いもので広げられ、奥まで挿れられるのは、やはりとてつもなく気持ちがよかった。

ほぐす時間が短かったが問題なく、俺のそこは柔軟に迎え入れた。一気に奥まで嵌め込まれると、嬉々《きき》として打ち震え、楔《くさび》を締めつける。

「っ……、ぁ……っ」

焦る気持ちとは裏腹に、律動はすぐにはじまらない。

締めつけが強すぎて動けないのだろうか。

「ジ、ジュード……?」

「だいじょうぶか」

「俺は、平気、だから」

「そうか……」

ジュードはほうっと息をつき、動かない。

「あの、きつい、か?」

「ほどよくきついな。俺は最高に気持ちいい。だがすこし馴染ませないと、たぶんおまえが辛《つら》い」

うなじに熱い吐息がかかり、彼の唇がふれる。二回ほど軽く押しつけられ、その次はきつく吸われた。痛みを感じたときには離れ、すこし下の場所をふたたび吸われる。それから首の付け根を甘嚙みされた。

「ふ……」

シャツの中に彼の手が潜り込んできて、乳首を摘ままれる。

「ぁ、ん、……そこ、だめ……」

「そうか？　だがここを弄ると、中がすごいぞ」

「な……、ぁ……」

獣にじゃれつかれているような甘い感覚に身体が緩んだ頃、律動がはじまった。ゆっくりと、的確に弱いところを攻められ、快感がほとばしる。

ジュードは上体を倒し、俺を背後から抱きしめるようにして抜き差しをする。彼のもので後ろを突かれると、意識が飛びそうなほど気持ちがよくて、勝手に涙が溢れてしまう。

もっと、もっと突いてほしい。激しくしていい。そこをぐちゃぐちゃに掻きまわしてほしい。淫らな欲望で頭がいっぱいになる。すこし前までしっかり抱いていたはずの羞恥は、行為を誘った時点で消え失せている。

「あ……、ジュード……頼みが……っ」

「なんだ」

「な…、中に、出して……っ」

俺は泣きながら後ろを振り返り、声を押し殺して頼んだ。

昨日なんども抱かれたが、中出しされたほうがだされなかったときよりも気持ちがよかった。またそうしてほしい。

「いいのか」

ジュードがごくりと喉を鳴らした。

「終わったあと、歩けるか？」

俺は必死に頷く。

「いい、から……、中出しされるの、俺、好きみたいだ……、ぁ、すごく……感じちゃ……、奥に……いっぱい、だして……っ」

「……っ」

ジュードが興奮したように低く呻いて激しく腰を振る。

「おまえ、そんな誘い方……どこで覚えた」

中を擦られる快感。周囲も忘れ、それだけしか考えられなくなる。もっとほしくて、粘膜がうねり、彼の猛りに吸いつくような動きを勝手にしてしまう。

「ん……っ、……ぁ」

力強く奥を突かれ、思わず声をあげそうになったら、彼の大きな手に唇を塞がれた。そのままがつがつと奥を突かれ、さらにもう一方の手で前を刺激される。いい。たまらなく気持ちいい。身体中を快感が駆けめぐり、下腹部に集結する。達きそう。もう達く。まもなく快感が許容量の上限を大幅に超えた。

た。

「――っ」

オーケストラの楽曲と歌手の歌声が盛大に劇場に響き渡る中、ふたり同時に絶頂を迎え

大きく身体を震わせて解放を味わったあと、重なりあって脱力する。

「オペラを観て食事をして、そのあと……って考えてたのにな……」

ぼやくように言う男に俺も頷く。

「俺だってそうです」

「俺はひとまず収まったが、まだ収まらないんだが。そっちはどうだ」

「……俺も」

身支度を整え、一幕が終わるまで待つと、俺たちはいそいそと劇場を後にして近場のホテルへ直行した。

四

「っ……、ぁ……ん、……っ」

ジュードと深い関係になってから一週間が経《た》った。

俺たちは連日抱きあっていた。顔をあわせるなり見境なくだ。それも一日いちどでは飽き足らず、なんども。ジュードは仕事のあいまを縫って、すこしでも時間をみつけてはやってくる。昼休憩の時間に会いに来て抱きあい、慌ただしく帰ったかと思うと夕方、もしくは夜にやってきてもういちど。場所は様々で、ホテル、馬車の中、トルコ風呂、貴族院議事堂控室などなど。そしていまは、警察署の署長室である。

議員の仕事による所用で、俺がジュードの職場へ立ち寄ったのだ。

ジュードは署長で俺は市の有力者。当然署長室に迎えられたのだが、そこにはなぜか様々な種類の手錠が飾られていて、ちょっと興味を引かれたので見せてもらい、使い方を教わった。初めはただふざけあっていただけだった。しかしどこかでスイッチが切り替わった。いま俺は、全裸にされ、胸の前で両手に手錠を嵌められている。そして部屋の中央にある大きな机の上に仰向《あおむ》けになり、脚を広げ、ジュードの猛りを受け入れていた。

「ん、あ……っ、ぁ……っ……」

太く、硬く、逞しいものが俺の中を出たり入ったりしている。

明るく広い室内で脚を大きく広げられ、結合部をじっくりと観察されながら、俺は快感にむせび泣いていた。

顔をあわせれば見境なく抱きあう毎日だ。ここを訪れたらきっとキスはするだろうと思っていた。もしかしたら抱かれることもあるか、しかし職場でそれはないか、などと考えてもいた。だがまさか、こんなプレイをすることになるとは予想外だった。

「も、う……」

「だめだ。まだ質問に答えてない」

限界はとうに超えていた。しかし根元をきつく握られ、達かせてもらえない。

「だから……っ、ぁ……、覚えて、ない……っ」

「覚えていない、知らない男におまえは抱かれるのか？」

先端で奥のいいところを立て続けに突かれたと思ったら、猛りを引かれ、浅いところをぐりぐりと刺激される。達けないのに強い快感を与えられ、おかしくなりそうだった。

「まだ、俺を好きだと思いださないのか」

「あ、あ……」

「本当はもう、思いだしているんじゃないか？　でなければ、抱かれるはずがない。それも、こんな場所で」

ジュードは容疑者を尋問する刑事の顔をして、言葉と身体で攻めてくる。

「そんな……こと、言われたって……知らな……」

「あくまでもシラを切るんだな。身体は俺に抱かれて、これほど喜んでいるが」

腰をつかまれ、グイと奥を突かれる。たまらず嬌声をあげた。

「あ、あ……っ」

そのまま激しい律動が続く。

「ジュード……もう……頼むから……っ」

音をあげるように泣き濡れた瞳で見あげたら、握られていた根元を解放された。同時に深々と貫かれ、いきおいよく吐精する。

「あ……」

がくがくと腰を震わせて達き、頭が真っ白になる。ジュードも遅れて中で達く。

彼の猛りが引き抜かれると、たくさん出されたものが入り口から溢れた。

手錠を外され、腕を引かれて机の上に身を起こすと、くちづけられる。たったいままで俺を詰問していた唇が、うって変わって優しく甘く俺の唇を吸い、すこしだけ舌を舐め、名残《なごり》惜しそうに離れていく。

「なんなんだよ、もう……」

　仕掛けたのはジュードだ。けだるくため息をついて睨むと、彼は視線を外した。そして俺の服をとり、着るのを手伝いながら呟くように言う。

「好きだと言ってほしかっただけなんだが……ちょっとやりすぎたか」

　切なげな様子を見せられて、なんと声をかけていいか迷っていると、逆に文句を言われた。

「だがな。エロいおまえが悪いんだ」

「俺が悪いのか？」

「おまえだって楽しんでいただろう」

　それは否定できない。

「まあな」

　素直に同意すると、共犯めいた笑みをむけられた。

　連日密接な関わりを持っているおかげで、俺の口調はだいぶ砕けたものに変わっていた。

　しかし、我ながら呆《あき》れる。場所もわきまえず、毎日毎日……。

「なあ……俺たち、よく、こんなところでしてたのか……？」

「さあな。自分で思いだしてみろ」

　身支度を整えて机から下りると、ふたりそろってすました顔をして署長室を出た。

「マクノートン伯爵を送ってくる。今日はそのまま帰る」

ジュードが署員に告げ、俺をエスコートして一緒に外へ出ようとする。

「一緒に来るのか」

「だめか。すこし早いが、夕食に行かないか」

「いいけど」

食事をしたあと、また抱きあうことになるのかもしれない。そんなことを思うと、先ほど熱を解放したばかりだというのに、また腰の辺りがじわりと熱くなった。

トルコ風呂で抱かれたあと、これは溺れると思ったが、予想通り、いや、予想以上に溺れている。毎日、ジュードと抱きあうことしか考えていない。

本当に我ながら呆れるが、自制が利かない。

どうしてこれほどこの男を求めるのか。自問してみたが、まっすぐに見つめてくるまなざしや、優しくふれる唇や、彼の体温、血流、鼓動、息遣い。彼の生々しい存在そのものが答えなのだと思うよりなかった。

記憶を失う前もこれほど抱きあっていたのか彼に尋ねても、自力で思いだせと言われるばかりなのでわからないが、この身体の適応具合から判断して、たぶん、おなじような状態だったのではないかと思う。

つきあいはじめたばかりという話だから、すくなくとも倦怠期《けんたいき》のようなセックスレスではなかっただろう。

自分たちが恋人同士だったというジュードの主張は、聞いた当初は信じられなかったが、いまはあまり疑う気持ちはない。記憶はなくても、身体は彼を受け入れ、その情熱を中に注がれて喜んでいるのだ。

ただそうなると、ゲームではＢＬ要素がなかったという事実と異なり、それが引っかかっている。

引っかかっていると言いつつも、彼を前にすると自らうやむやにして、思考の外へ放り投げてしまうのだが。

この数日は、彼が未来の殺人犯ということすら忘れかけていて、不意に思いだしてそれでいいのかと己を恐ろしく思うが、彼を前にすると、それでもいいと思ってしまう。

「あ、ちょっと待ってくれ。忘れた」

忘れ物をしたとのことで、ジュードが署長室へ引き返す。俺は近くに立っていた警備の男に話しかけ、世間話をして待っていると、まもなくジュードが戻ってきた。

一緒に馬車に乗り込むと、彼が思いだすようにふっと笑みを浮かべた。

気になって尋ねた。

「どうしたんだ」

「いや。警備と話していたから」

「それがなんだ?」

「おまえは記憶をなくしても変わらないというか、屈託ないなと思って。ほんのちょっとの空き時間でも他者と交流して、社交的だ。明るくまっとうな道を歩んでいて、眩《まぶ》しい男だと思ってな」

ただ暇潰しに近くにいた者と会話しただけで、そんな評価をされるとは思わなかった。

「おまえは違うのか?」

「俺はまっとうじゃないな。すこし屈折している。人間は好きだし興味はあるが」

たしかに無愛想でしかめ面ばかりしていて、陽気なタイプではないことはわかる。が、まっとうじゃないと言い切るほど変人でもないと思うのだが。

「そういえば、趣味とか聞いたことないな」

「仕事が趣味だな。事件の推理をするのが楽しい。チェスも好きだが、あれは対戦相手がおなじくらいのレベルでないと楽しくない」

俺のことはいい、と言ってジュードが続ける。

「おまえは、なんていうか。手錠プレイにもなんだかんだ言って乗ってくれるんだよな。ふつうもっと嫌がるだろ。あんな場所でとか」

「俺もまっとうじゃないな」

「俺はおまえとは正反対だと思ってる。それなのに、ふしぎと波長があうんだ。凸と凹のようだと思う。抱きあうとピタリと嵌まる。惹かれあうのは自然の摂理だ」

「そうかな」

そうなのかもしれないと思ったが、同意するのは気恥ずかしくて、そっけなく答えて俺は横をむいた。

「着替えてくるから、応接室で待っていてくれ」

屋敷に到着し、馬車を降りる。馬車で待たせるのは冷えるので中へ誘った。

「応接室じゃなく、おまえの部屋に一緒に行ってはだめか」

「部屋に入れたら、きっと食事は中止になる。部屋から出られなくなりそうだから嫌だ」

ジュードが笑う。

抱きあって部屋から出られなくなるという意味でとらえただろう。俺自身、そのつもりで言った。だが殺害現場だから入れたくないという理由もある。

応接室ならいいが、俺の部屋でふたりきりになるのは、やはり不安だ。

それ以上言い募られることもなく、ふたりで屋敷の中へ入る。玄関ホールで出迎えたハーマンがジュードを横目で見て不機嫌に眉をひそめた。

「お帰りなさいませ。なぜその方をお連れなのですか」

「夕食の約束をした。支度するあいだ、応接室で待っていてもらう」

「シリル様。十日前にご自分でわたくしにお話しになったこと、お忘れですか」

「なんだっけ」

「その方には近づかないとお約束したではありませんか」

「あー」

「主人の行動にあまり口出しするのもと思い、様子を見て黙っておりましたが、連日お会いになっていらっしゃる。看過できません。なにを唆《そそのか》されているのです」

ハーマンがずいと俺に迫る。

「まさか恋人というたわ言を信じたわけではございませんよね。腹を探ってらっしゃるのですか。だとしてもこれ以上関わるのはおやめください。あとのことは探偵にお任せくださいませ」

「ずいぶん失礼な執事だな」

ジュードがムッとしたように割って入る。

「恋人というたわ言？　冗談じゃない。俺たちのなにを知っている」

「あなた様のことはさほど存じませんが、シリル様のことでしたらあなた様よりよっぽど熟知しております。シリル様があなたのような方と恋仲になるなど、断じてありえません」

「ありえないと言われても、事実だ。信用されていなくて知らされなかっただけじゃないのか」

ハーマンが不快そうに口角を引きつらせる。

「シリル様はあなたに殺されると怯えております。恋人と勝手に思い込んで執拗《しつよう》につきまとう男に困っておられたのでしょう」

「おまえがシリルに妙なことを吹き込んでいるんだろう。探偵に依頼するように仕向けたのもおまえだろう」

「主人は記憶喪失で、いまは赤子のようにまっさら。非常にだまされやすい状態です。その主人につきまとう男がいると通報してきてもよろしいでしょうか。ねえ、署長」

主人の客人に平気でぶしつけなことを言うハーマンもハーマンだが、それに乗るジュードもジュードだ。

記憶喪失初日からふたりの反りがあわなそうなのは感じていたが、本当にあわないのだろう。元凶は俺だとわかっているが、喧嘩はやめてほしい。

こういう些細《ささい》ないさかいが思わぬ転がり方をして大きな事件に発展したりもするが、あれ？　まさか俺の殺害理由はこういう感じだったか？

「おい、ふたりとも」

ともかくふたりを引き離さないと。

あいだに入ろうとしたとき、メイドが来客を連れてきた。

「あ」

「おや」

やってきたのはマロン探偵だった。

「たしかお約束はこのお時間でしたかと」

そういえば調査の依頼をして今日が約束の十日後。来訪の連絡も昨日届いていたのにすっかり忘れていた。

探偵と依頼者と調査対象者の三人が一堂に会してしまった。気まずすぎる。

「悪い、ジュード。先約があった。申しわけないが食事はまた今度にしてくれ」

「おい」

ジュードの背を押し、強引に帰宅を促した。

彼は腰に手をやり、挑戦的に言う。

「俺の話なんだろう。一緒に聞かせてほしいもんだが」

それは勘弁していただきたい。

「……悪いが。いったん帰ってくれ」

上目遣いに、引きつった顔で懇願した。ジュードが肩をすくめる。

「まあいいだろう。マロン、身の潔白を示してやってくれ」

不服そうながらもジュードは帰ってくれた。やれやれ。

「失礼しました。ご報告をお願いします」

改めてあいさつし、マロン探偵を応接室へ案内する。ハーマンも一緒についてきた。

「私もご一緒してよろしいですか」

「ああ」

ハーマンは横に控えさせ、俺と探偵はソファにすわる。報告書を渡され、それに目を通しながら口頭での報告を受けた。

「まずあなたとの関係について本人に質問しましたところ、恋仲であるとの一点張りでした。いつからか尋ねたところ、明確な日にちの回答はありませんでしたが、年明け頃からだとか。そして彼の周囲の方々、仕事関係や友人、親族ですね。それらの方々にもお伺いしたところ、こちらは全員、おふたりが恋人であるとの認識はございませんでした」

横に立つハーマンが大きく頷いている。

「ただ、おふたりが一緒に食事をしていたという目撃情報は三件ありました。それぞれべつの日ですね。それから、公園で署長がフルートを演奏していたと。その場にシリル伯爵の姿があったという話も聞きました」

ジュードがフルートを演奏してくれたとき、以前にも即興で披露したと言っていたが、もしかしたらそれだろうか。彼の演奏に聴き覚えがある気がしたが、間違いじゃなさそうだと思い、ほっとする。

それから市警の馬車の御者は、ふたりそろって乗せたことが二度あり、両家の御者は、俺が記憶を失う以前はいちども相手を乗せていないと答えたらしい。

「そしてその資料がこの十日間の、署長の行動記録です」

示された資料に目を落とす。

俺の名前ばかりが目立つ。

「昨日は朝九時に出勤。十一時に馬車で署を出てこちらのお屋敷へ。あなたとトルコ風呂へ行き、十四時にあなたと別れて署へ戻り、十六時に貴族院議事堂へ馬車で移動。議事堂内の控室へ入室し、二時間後にあなたとともに退室され、バンカー街のレストランで食事。食事のあとは馬車を路地裏に停車させ、御者を一時間ほどパブに行かせています。その間、ふたりとも乗車したままですね。御者が戻ったらこちらのお屋敷へ戻り、その後ウィバリー邸へ帰宅——と、まあ、あなたと会っている時間以外は仕事と自宅にいるだけの日々が続いているようですが」

調査依頼はしたが、尾行されているとは知らなかった。赤面し、脇に汗が滲む。

恥ずかしいことこの上ないが、トルコ風呂でも議事堂でも馬車の中でもずっとセックスしていたことはばれていないだろう。ばれていないと思いたい。

「ただ、八日前でしたかね。この日、十一時に署を出て、あなたの弟君であるエドワード少佐と王宮内で会っていますね」

「へえ。知りあいだったのか」

エドワードは家に戻っていないので、まだ顔をあわせていない。彼はゲームでは容疑者のひとりだったが、結局アリバイがあって無実だった。

「署長に確認したところ、会っていないととぼけられました。少佐のほうには、まだお会いできず、なぜ会っていたのか聞くこともできておりません」

「ふたりが会っていたのはたしかなんですよね。なんでとぼけたんだろう」

俺は意見を求めるようにハーマンを振り返った。

ハーマンは淡々と答える。

「おふたりの仲がよろしいという話は聞いたことがございません。狭い貴族社会ですし、学年が違うとはいえ寄宿学校もご一緒ですから、面識はおありとは思いますが」

探偵がつけ加える。

「それから、二週間ほど前にも署長と少佐がパブで会っていたという証言もありました」

どういうことだろう。

会っていないとジュードがとぼけたのが気になる。

「今後はいかがいたしますか。彼の殺意を暴くのはかなり難しいように思えます。今後の私のほうの手としては、尾行を続けることと、エドワード少佐に接触を試みることでしょうか」

俺が探偵に調査を依頼していることをジュードは知っている。対象者にばれているのに調査を続ける意味があるのだろうかと思うが、エドワードに会っていたことは気になる。

そこまで考え、ふと思いつく。

「調査を続けてください。そして、明日も尾行するなら、俺も同行してもいいでしょうか」

「伯爵が？」

「はい」

殺害云々《うんぬん》とはべつに、俺の見ていない場所で彼がどんな顔をするのか見てみたくなった。

「かまいませんが……退屈だと思いますよ。それからばれないように、変装していただきますが、よろしいですか」

「ええ、お願いします」

ということで、俺もジュードの尾行をすることが決まった。


翌早朝、マロン探偵と合流した俺はジュードのウィバリー邸へむかった。

マロン探偵は大きなカメラを抱え、帽子とつけ髭で中年男風に変装している。栗っぽさが綺麗に隠れていた。俺は探偵に渡されたよれよれのグレーのコートにハンチング帽、伊達《だて》眼鏡。大きな布の鞄《かばん》を肩からかけている。

自分も探偵になったようで、ちょっとわくわくする。

ウィバリー邸の門が見える、はす向かいの塀の角に馬車を停車させ、様子を窺う。

ウィバリー邸は我がマクノートン邸とほぼおなじくらいの敷地で、建物の外観の豪華さも同レベル。抱きあう関係になってからも、屋敷に誘われたことがなく、敷地の中に足を踏み入れたことはない。代々仲の悪い家柄ということだから、俺を呼びにくいのだろうと思う。俺と違って、彼は両親や兄と暮らしている。

やがて警察署の馬車がやってきて、門の中へ入っていった。しばらくして馬車が出てくる。

「行きますか」

俺たちの乗る馬車も後を追って走りだす。馬車は寄り道せず警察署へ直行した。

警察署はオフィス街の一角にある。すこし離れた場所にカフェがあるが、まだ店は開いていない。俺たちは馬車から降りると、署の出入り口から離れた場所に立ち、立ったまま新聞を広げた。

「伯爵。我々は新聞記者という設定です。もし職質されたらそのようにお答えください」

新聞記者なら警察署の周囲でうろついていてもおかしくないということらしい。

これまでの彼の行動から予測すると、これから昼まではこのままここで待機することになる。

「マロンさん。中の様子を窺ったりはしないんですか」

「室内の様子は親しい事務員にあとで伺います。私は警察の方々と顔馴染みなので、変装していても中に入ったら正体がばれるでしょう」

「警察の事件に、よくご協力されていらっしゃるんですか」

「そうですね。署長とは四年のつきあいになりますかね。二か月にいちどは顔をあわせていますよ」

「マロンさんから見て、彼はどんな男ですか」

「そうですねえ……。推理力は優れていますが、立ちまわりが下手ですね。愛想も遠慮もないので、相手を怒らせて捜査を難航させる場面を時々見ますが、部下からは慕われているようです。警官の方々は大概庶民です。署長は貴族のわりに気取らず飾り気がなく、ざっくばらんですから」

「へえ」

貴族からは大概嫌われていると自分で言っていたが、部下からは慕われているのか。それを聞いてちょっと嬉しい気がした。

探偵がつけ髭を指で弄りながら続ける。

「それから、義理や情に厚い人柄とお見受けします。人を裏切るようなタイプではありません。ただそのぶん、相手から裏切りを受けたとき、容赦ない対応をしそうではあります。

つまり、あなたが彼を裏切るようなことが過去にあったとしたら、彼があなたに復讐心《ふくしゅうしん》を抱き、殺意を抱くというのも考えられなくも……まあ、わかりませんけどね」

「そうですか」

「あとは……、そうそう、立ちまわりが下手と言いましたが、計算高い面もあります。とある犯罪疑惑のあった貴族を上手く言いくるめて、警察署宛ての献金をださせた、などということもありましたから」

探偵のジュード像はだいたい想像通りだったが、最後の話はすこし意外だった。愚直に恋心を言い募るばかりで恋の駆け引きもできない男が、計算高い駆け引きができるとは。

そんな話をして、それからちょうど広げている新聞記事の話などをして時間を潰し、しばらくすると警察署の出入り口から同世代の男性が出てきた。彼はなにげなくこちらを見ると、なにかに気づいたように立ちどまり、まっすぐにやってきた。

「なにをしてるんです、マロン探偵」

顔見知りらしい。探偵はしまった、という顔で俺に目配せした。

「みつかってしまいました」

そりゃそうだろう。顔馴染みには変装していてもばれると言っていたではないか。

「この方はリール刑事。署長の右腕のような方ですね。せっかくですから彼にインタビューしてみましょうか」

探偵は俺にそう言うと、彼にむき直った。

「じつはいま、普段の署長の様子を調べておりましてね。どうです。リール刑事から見て、署長はどんな感じでしょうか」

探偵よ、そんなストレートに訊いていいのか。調査対象者に筒抜けになるんじゃないのかと思ったが、まあいい。すでに筒抜けだ。

リール刑事はきょとんとしつつも素直に答えてくれた。

「普段の署長ですか。べつに取り立てて言うほどのことは……マロンさんもご存じの通り、誰にでも無愛想でいつも不機嫌で、事件がないときは覇気がなくて死んだ魚みたいな目をしてますよ。大きな事件があると、そのときだけは生き生きしてますね」

おいジュード、死んだ魚みたいな目なんて言われてるぞ。

部下に死んだ魚の目などと評されるとは散々だなと思う。本当に部下に慕われているのか、それとも慕っているからこその遠慮のない茶化しなのか。

「そういえば、たしか十日くらい前でしたかね。生気がなくなって、もう死人そのものというか、死神みたいになっていましたね」

探偵が「ほほう」と相槌を入れる。

「理由は詳しく知りませんけど、噂によると、恋人となにかあったとかなんとか。いまは復活しましたかねえ」

十日くらい前と言うと、俺が記憶を失ったときか。

最初に尋常でなく暗い顔をしていたのは、俺が階段から落ちて意識を失ったり、記憶を失ったためだったらしいといま頃気づいた。

「なんですか、これ。もしかして署長の恋人とか婚約者からの調査依頼とか？」

探偵が「守秘義務がありますのでお察しください。それよりなにかご用事があって外へ出たのでは？」と言うとリール刑事もそれ以上言わず、あいさつして去っていった。

それからまたしばらく待ち、昼過ぎになると出入り口からジュードが姿を現した。

ひとりで、通りのむこうへ歩いていく。

「行きますか」

俺たちも見失わない程度に離れてついていった。

彼はしばらく歩くと、通りに立つカフェスタンドに寄り、パイのようなスナックを購入してまた歩きだした。

彼はオフィス街の端にある芝生の広がる公園へ入ると、そこのベンチにすわり、スナックを食べはじめた。そしておもむろに、足元にもスナックのくずをばらまく。

「なにをしてるんだろう」

「リスにおすそ分けのようですね」

よく見ると、足元にリスが一匹いた。彼はそれを見下ろして、微笑んでいる。リスを見て微笑むジュード。それをいつまでも見ていられそうな自分。

彼は微笑んでそれを見ながらスナックを食べ終え、立ちあがった。俺たちがいるほうへ戻ってきたので、木立の陰に隠れる。

「なにしに来たんだ。ちょっと休憩しに来ただけかな」

彼が通り過ぎてから呟くと、探偵が答えた。

「昼食ですよ」

「あれが昼食？　あれで終わりか」

「そのようですよ。報告書にも書きましたが、あなたと頻回に会うようになる前までは、彼はひとりで、だいたいここで簡単な昼食を済ませています」

彼は通りに出ると、ふいにかがんだ。そしてなにかを拾うと振り返り、すれ違った老紳士に声をかけた。どうやら落とし物らしい。一言二言交わすと、紳士的な笑みを浮かべて会釈し、ふたたび歩きだす。

「愛想がいいじゃないか」

俺が言うと、探偵が笑う。

「いくら無愛想と言っても、あれくらいはマナーでしょう」

多少めずらしくはあるが、予想の範囲内の行動だ。ふつうの好青年の、よくある行動である。

意外性もなにもない。だが彼はこういう男だと思った。

極悪非道なわけでもなく、気味が悪いくらい親切なわけでもない。俺の感覚からするとちょうどいい塩梅《あんばい》の男なのだ。

抱きあってばかりで彼のことを知らないと思っていた。だが、自分で思っていたよりも、俺は彼のことをわかっていたのかもしれない。

ホッとしたような、拍子抜けしたような気分だった。

俺は、彼の極悪非道な一面を見たかったのだろうか。やっぱり殺人犯だと確信したかったのか、それともそんなわけがないと安心したかったのか。そういうこととは関係なく、ただただ、俺の知らない彼の日常を垣間見《かいまみ》たかっただけか。

彼の日常を見て、どうしたかったのだろう。

彼のことを知りたいというこの気持ちの根源はなんなのだろう。

彼が署に戻ったのを確認したあと、俺たちも昼食をとることにし、近場のカフェへ入った。テーブル席にむかいあってすわる。

「ところで記憶喪失のほうですが、なにか思いだしたことはありますか」

「まだなにも」

「署長に殺意を抱かれているという根拠を思いだしてくださると、話は簡単なのですがねえ」

俺はあいまいに笑い、メニューを見る。

「あ、プラムジュースがありますよ、マロンさん」

プラムジュースは探偵の好物だったなと思い、何気なく言った。とたん、探偵のつぶらな目がきらりと光った。

「私がプラムジュースが好きだと、ご存じなのですか」

あれ。なにかまずかったたか。

「え、あ……いや、そんな噂を聞いたような」

「おかしいですね。私のプラムジュース好きは、助手しか知らないはず」

そうだったのか。ゲームで、探偵が好きでよく飲んでいた覚えはあったが、助手しか知らないなんて設定は把握していなかった。

探偵が栗の毬《いが》のように鋭いまなざしで俺を観察する。

「伯爵、私に隠しごとがありますね。依頼主とは信頼関係を築きませんと、解ける謎も解けなくなります」

どうするか。

前世の記憶があるだのここはゲームの世界だなんて言いだしたら、頭がおかしいと思われるだろう。だから黙っていたが。

しかし。

まあ――べつに、おかしいと思われてもいいか。

俺はあっさりと考えを改め、打ち明けることにした。

「信じてもらえるようなことではないので黙っていたのですが、じつは俺、現世の記憶は忘れたんですが、前世の記憶はあって――」

この世界にはテレビゲームがないのでゲームと言っても理解が難しいと思い、物語と言い換えて説明した。ここは物語の世界で、マロン探偵のことを知っていたこと、物語上ではジュードが殺人犯で、自分が被害者だったと説明した。

「……ふーむ」

探偵は笑いも呆れもせず、真摯な態度で俺の話を聞き終えると、顎を撫でて思案する顔をした。

「そういうことが現実に起きるのか、私には判断できる材料がありません。しかしあなたがそうおっしゃるならば、実際に起こったことと仮定して考えましょう。私の助手をしているギルバートという男は本職が小説家でしてね。その仕事の関係からオカルト的な話をよく聞くので、馴染みがあるのですが」

彼はいちど言葉を切り、鋭く言った。

「あなたの前世の記憶というのは、本当に前世の記憶なのでしょうか。あなたは本当に現世の記憶をなくしたのでしょうか」

「と言うと」

「記憶喪失ではなく、シリル伯爵という別人格と、中身が入れ替わったという可能性もあるのではないでしょうか」

意外なことを指摘されて、俺はぽかんとした。

しかし言われてみれば、俺の記憶が必ずしも前世のものとは限らない。

「入れ替わり……」

熱をだして病院に運ばれた俺の身体にシリルの魂が入り、日本で生きている……。

もしそういうことならば、俺にシリルとしての記憶がないことに説明がつく。前世の記憶だけ覚えていて現世の記憶は忘れるなんてややこしい説明よりもしっくりくる気がした。

俺はヴァイオリンの弾き方も覚えていないし、ＴＰＯにあわせた服装も選べない。記憶がなくても日常の常識などは覚えていてもよさそうだが、貴族としての振る舞いも覚えていないのだ。

「私はそう思うというわけではなく、ただ、可能性を提示したまでです。そういう小説があったものですからね。いずれにしろ、ここがその物語の世界というのなら、あなたは殺されるわけですが」

「……そうですね」

可能性を提示したままでと言うが、この探偵の推理は百発百中。

気持ちの整理がつかなくなり、俺はそれきり黙り、黙々と食事をとった。腹ごしらえを済ませて署へ戻る途中、警官たちが署の玄関からわらわらと出てきて、通りのむこうへ走っていくのが見えた。その中にジュードの姿もある。

「行きましょう」

後を追っていくと、銀行の前に警官が横並びになっていた。中にむかって叫んでいる言葉から推察して、どうやら銀行強盗が立て籠《こも》っているらしかった。人質もいるらしい。

野次馬に交じって遠巻きに見守っていると、ジュードが正面から銀行内へ入っていった。犯人を説得しながら、ゆっくりとした足取りで。

彼の姿が、俺のいる場所から見えなくなった。もっとよく見ようとして移動したとき、ジュードが老人を小脇に抱えて飛びだしてきた。続けて銃声。

野次馬たちが悲鳴をあげて散らばる。

強盗は中にいて、外へむかって立て続けに発砲する。老人を下ろしたジュードが、ふとこちらを見た。目があった瞬間、犯人の放った弾が俺の耳すれすれを横切った気がした。

あ、と思うまもなくジュードが走ってきて俺にタックルする。

ジュードとともに地面に倒れるが、彼が庇《かば》ってくれて痛みはない。

ジュードが素早く右腕をあげて合図をだし、盾を持った警官たちが銀行内に突入した。

「シリル、おまえ……なんでこんなところにいる……！」

怒鳴ったジュードだったが、現場は混乱のさなかだ。部下に呼ばれ、そちらへ走っていった。

「伯爵。邪魔になりそうですので離れましょう」

探偵に促され、その場を離れた。

「いやはや、署長、活躍していましたねえ。格好よかったですねえ」

「……ええ」

「署長は私には気づかなかったようですので、私は尾行を続けましょうか。伯爵はお帰りになられたほうがよろしいでしょう」

「ええ……」

俺はなかば上の空で探偵に別れを告げ、辻馬車を拾って屋敷へ戻った。

探偵の言う通り、ジュードは本当に格好よかった。勇敢で、ドキドキした。

部下たちの指揮をとり、銃に怯《ひる》まず強盗に勇敢に立ちむかう姿。あの姿を見ただけでも惚《ほ》れるに充分だと思えた。

屋敷に戻っても、動揺は収まらなかった。むしろ時間が経つにつれて動揺が激しくなっていった。

彼の雄姿を見て、改めて惹かれていると自覚したことと、その前に探偵と話したことを絡めて考えると、動揺せずにはいられなかった。

探偵が言ったように、中身が入れ替わったのだとしたら。

ジュードが好きなのはシリルであり、彼は俺をシリルと思っているから口説いてくる。

だが、俺はシリルではないかもしれない。ジュードが恋焦がれている相手ではないかもしれない。

「俺は……」

俺は、ジュードに惹かれている。

記憶の有無に関係なく、彼に惹かれている。

もし俺がシリル本人ではなかったとしたら、この気持ちはどうしたらいい。シリルだと偽って、いまの関係を続けるのは……。

動揺する気持ちを落ち着けようと、俺は屋敷に戻るなり書斎に入った。もしジュードから連絡が来ても不在と言うようにハーマンに言いつけ、書斎に籠る。

機械的に書類を確認しはじめてしばらくしたときだ。

「あれ……」

机の引き出しの奥に、一冊のノートが入っているのに気づいた。なにげなく中を見ると、それは日記だった。

ぱらぱらとめくり、とあるページで手がとまる。

名前は書いていないが、誰かへの恋心が綴《つづ》ってあった。

二週間前の日付。初めてキスをした。勇気をだして、気持ちを告げるか。先に進むべきか、などと書かれている。

これは、自分が書いたのか、それともシリルという別人が書いたのか。

わからない。

胸に不安が募る。シリルという別人に対して、嫉妬のような感情も覚える。

俺は複雑な気分で日記を閉じた。

記憶など、戻らないほうがいいのかもしれない。


その日はジュードからの連絡はなかった。たぶん事件の事後処理が忙しかったのだろう。

ほっとした翌日、連絡なくジュードが屋敷を訪れた。

会いたい気持ちといまは会いたくない気持ちが拮抗《きっこう》し、わずかに会いたい気持ちが勝り、応接室へ迎えた。

俺が応接室へ行くと、コートを脱ぎ、ソファで待っていた彼が立ちあがる。クラシックなスーツを着た立ち姿が本当に格好よくて、目にした瞬間胸がざわめき、俯いた。俺は別人かもしれないという思いが脳裏をちらつき、直視できなかった。

「シリル。昨日のあれは、なんだったんだ」

ジュードの不機嫌な声。

「あれって」

俺は扉を閉め、戸口に立ったまま俯いて応答した。

「妙な格好をして、野次馬をしていただろう」

「たまたま近くにいたんだ」

「あんな格好で？」

「変だったか？　おしゃれのつもりだったんだが」

とぼけると、鼻を鳴らされた。

「らしくないな」

「俺らしさってなんだ？　記憶がないからわからない」

ジュードが嘆息する。

「どうせマロンと一緒だったんだろう」

彼が近づいてくる。

「まだ探っているのか。そんなことをせず、知りたいことがあれば直接俺に訊いたらいい」

ジュードが目の前に立った。黙ったまま視線を避けていると、覗き込まれた。

「どうしてこっちを見ないんだ。昨日もおかしかったが、今日もおかしいな」

俺は息をつき、しかたなく彼の目を見た。

「何日か前、エドワードと会っただろう。どうしてだ」

探偵に調査を依頼中なのだから、詳しいことがわかるまで黙っていたほうがいいのだろう。だが、どうせ探っているのはばれているのだし、俺は別人かもしれないし、などと捨て鉢な気分で口にしていた。

青い瞳がすっと細くなる。

「エドワード？　なんのことだ」

「とぼけるな」

「いや、本当にわからないな。なにかの間違いじゃないか」

受け答えが堂々としすぎだ。これは嘘をついていると直感する。

「なぜ隠すんだ。隠さなきゃいけないようなことでもしていたのか」

ジュードがわずかに黙る。彼の指が俺の顎に触れた。

「なにか隠しているのはおまえのほうじゃないのか」

「俺がなにを」

「今日のおまえはどこかぎこちない」

「そんなことは……」

「それからいつも思っているんだが、なぜ部屋に入れてくれない？　屋敷に入れてくれても応接室までだし、すぐに外に出ようとする」

「それを言ったら、おまえなんて俺を家の敷地にすら入れてくれないだろ」

「それは、うちには両親も兄も住んでいるからだ。おまえの家とは代々仲が悪いというのは教えただろう。うちの者がおまえに失礼な真似を働かないとも限らないから招待していない。だがおまえはひとり暮らし。気兼ねする者はいないだろう――いや」

　ジュードの声が一段低くなった。

「執事がいるな」

　容疑者を探るようなまなざしが俺の視線に絡んでくる。

「執事のあの男は、おまえの部屋にも入れているんだよな。恋人の俺は入れないのに」

　俺は視線を外し、顎に触れていた彼の指を払い落とした。

「そりゃ、彼に家のことを任せているんだから」

「夜はあの男とこの屋敷にふたりきりなんだったな」

　ジュードが黙り、見つめてくる。次になにを言われるかと俺は身構えた。

「あいつと、なにかあったか」

「あるわけないだろ」

　俺は速攻で切り捨てた。しかしすぐに問い返される。

「じゃあべつの誰かか」

「そんな暇あるわけないのはおまえが一番知っているだろ。毎日なんどもおまえと抱きあって」

俺が喋っている途中でジュードがかぶせるように言う。

「俺はいま、なにかあったかと訊いただけなんだが。喧嘩でもしたかな、と。だがおまえは、肉体関係を訊かれたような否定の仕方だったな。それはつまり、そういうことをとっさに思い浮かべるようなことがあったということじゃないか？」

俺は赤くなって言葉に詰まった。

「……誘導尋問だろそれ」

「それに暇がないというが、夜はどうだ。夜のおまえがどう過ごしているのか、俺は知らない。まさか本当に、あいつと関係を持っていないだろうな」

あらぬ疑いに俺はいよいよ絶句した。ハーマンとだなんて、論外すぎる。たとえ俺が血迷って誘ったとしても、時間外報酬を請求された挙句、きっぱり拒まれる未来しか思い浮かばない。

言葉を失った俺の態度をどう誤解したか、ジュードのまなざしが険しくなった。

「俺以外の男にその身体を触れさせていないか、確認させてくれ」

「へ」

「おまえの部屋に行くぞ」

「ま、待て」

腕を引かれ、扉を開けられそうになり、俺は慌ててとめた。

「部屋は、嫌だ」

「どうして」

「どうしても」

「あいつに、部屋で抱かれているからか？　ほかの男は入れられないのか」

「そんなんじゃないって！」

さすがに声を荒らげた。理由を言って身の潔白を示したかったが、おまえに殺される現場だからだと告げるのは説得力がなさすぎてためらわれた。渋々、代わりの言葉を見繕う。

「部屋が嫌な理由を知りたければ、おまえもエドワードに会った理由を教えろ」

しばし睨みあう。先に口を開いたのはジュードだ。

「じゃあここでいい」

彼が俺に向き直り、俺のカーディガンに手をかけた。ボタンをはずし脱がせはじめる。

「おい……確認って……いまからするのか」

「ああ。思いだすまで抱いていいんだろう」

「今日は、嫌だ」

拒否したのは初めてかもしれない。自分はシリルではないかもしれないという思いが邪魔をして、抱きあう気になれなかった。

だがこれまでの話の流れから、さらに誤解させたようだ。

「どうして。やはり、抱かれたか」

本気で疑われてしまった。

「違うって」

そんな気分ではなかったし、となりの部屋にいるはずのハーマンにばれる危惧もあったが、しかたがない。自室よりはマシだし、これで妙な誤解を解けるならいいだろうか。抵抗せず、されるがままになった。

靴下以外の服をすべて脱がされ、立たされる。

ジュードは俺を抱くとき、いつもたくさんのキスマークや噛み痕《あと》をつける。とくに首筋や胸元、内腿にうっ血痕が多く散らばっている。

そんな恥ずかしい痕だらけの身体を舐めるように観察され、羞恥で全身が赤くなりそうだった。

彼の指が、俺の左の乳首の横に触れた。そこには乳輪を囲うように、彼の歯形が残っている。一昨日つけられたのだったか。

「嫌がったくせに、いやらしいな。もう勃ってる」

指摘の通り、寒さと期待で、乳首は硬く勃ちあがっていた。

ジュードがそこに顔を寄せ、大きく口を開けて噛みついてきた。おなじ場所に歯を立てられ、舌で乳首を嬲られる。

もう一方の乳首は指で摘ままれ、戯れのように捏ねまわされると、その刺激で身体が熱くなり、中心も硬くなった。

「……っ」

無意識に男の頭に手をやり、髪の中に指を差し入れる。柔らかい髪の感触や頭の形はすでに馴染み深い。

じわじわと膨れてくる快感に息を震わせながら、ふと気づく。ジュードは毎回俺の身体に痕を残す。おかげでうっ血だらけで他人に肌をさらせないのだが、トルコ風呂で抱きあう以前は、俺の身体にキスマークはなかった。

あれ、と思ったが、次の瞬間、右脚を横に掲げられ、思考が途切れた。

「あ」

バランスを崩し、扉に寄りかかって身体を支える。ジュードは跪き、俺の股間を見ていた。

「なに、を」

「俺が知らない痕がないか、確認してるんだ」

左手で俺の膝裏を持ちあげながら、右手で俺の内腿をなぞり、じっくりと観察する。それから指先で入り口をくすぐるように撫でる。

「ここに、俺以外の男のものを挿れさせてないな」

「させるか……っ」

「本当だろうな。記憶をなくしたおまえは危うくて。誰かにつけ込まれていないか心配だ」

彼の舌が中に入ってくる。唾液で濡らされ、ほぐされる。

「……っ、ぅ……」

不安定な格好のせいか、そこがひくひくと淫らに動くのをとめられない。

ジュードがズボンのボタンを開けて猛りをとりだすと、俺の右横に立った。

さらに脚を横から上へと大きく掲げられる。この身体は柔軟でしなやかだ。バレリーナのように開脚された右脚は彼の肩で固定され、横向きの角度から身体を繋がれた。

扉と彼の身体に挟まれて、苦しい姿勢で抜き差しがはじまる。

「覚えてないのに、こうして素直に俺に抱かれてしまうんだ。ほかの男にも、と思うのが自然だろう」

「あ、う」

奥を強く貫かれる。身体を揺すられ、そのたびに扉がガタガタと鳴る。

「や、め……、音……、変に、思われる、から……っ、ぁ……ぁ」

「執事の部屋は、このとなりだったか。ばれたら、嫌か」

「恥ず、かしいだ……ろ……っ、それに、これ、苦し……」

「そうか」

ジュードはあっさりと猛りを引き抜いた。それから俺の手を引いてソファまで来ると、先にすわり、その膝の上に俺を乗せた。俺の背中が彼の胸に当たる。ふたりともおなじ方向をむく格好だ。

「じゃあ、楽なように、自分で動いてみてくれ」

両太腿を開かされ、ひじ掛けの上に乗せられた。尻は彼の手に支えられて浮いており、すぐ真下に彼の剛直がある。

尻を支える彼の手が離れ、俺は慌ててひじ掛けに手をつき、自力で体重を支える。

自分で挿入するのは初めてだ。恐る恐る彼の太い猛りを握り、先端を入り口にむける。

挿入する位置の微調整が難しい。こんな感じだろうかと目星がついたら腰を下ろした。

今日は抱きあいたくないと思っていたはずなのに、はじまったら、もうやめられなかった。

「ん……」

入り口が開き、太く熱い棒が体内に入ってくる。いつもは彼のほうから入ってくるものを自分から迎え入れるのはまた違う感じがする。全身を震わせながらすこしずつ腰を落とし、付け根までずっぷりと呑み込んだ。ひと息つき、どうやって動こうかと思案していたら、焦《じ》れたように下から突き上げられた。

「あ………、っ……」

「しっかり腰を振らないと、中にだしてやれないぞ」

彼の両手が俺の胸へまわされ、乳首を摘まれる。親指と中指で摘まれ、人差し指の腹で先端をくりくりと撫でられたり、押し潰されたりする。

「ぁ……、は……」

「好きなんだろ。こうして乳首いじられながら中出しされるのが」

小刻みに奥をなんども突かれながら乳首を弄られるとたまらなくよかった。前を弄られるよりこうされるほうが好きだった。

「あ、あ……っ、ん……ぁ、ぁん、ぁ……っ」

ハーマンに聞こえるかもしれないと思うのに、気持ちよすぎて声をとめることができない。揺すられるたびに硬く勃起した中心も揺れ、先走りをたらしている。ソファは出入り口のほうをむいている。もしいま誰かに扉を開けられたら、大きく脚を広げ、浅ましく男の猛りを呑み込んでいる姿を見られてしまうだろう。ジュードの赤黒く怒張し、体液で濡れそぼったいやらしい猛りが、ぬぽぬぽと音を立てて俺の中を出たり入ったりしている。

きっと結合部もしっかり見られる。俺のそこは、どれほど開いているのだろうか。自分で見たことはないが、彼の太いものが入っているということは、それだけ自分のそこも広がっているのだろう。

あんなに太いのに。

「いま、なにを考えた?」

ささやかれ、首の付け根を甘嚙みされる。

「中がすごく動いた。いやらしいことでも想像したか」

興奮した熱い吐息。ジュードも相当昂《たかぶ》っているのを感じ、入り口を締めつけてしまった。

「っ……、おい……、ったく、エロい身体だ」

快感に耐えるように彼の動きがとまる。

「あ、や……っ」

いまとめられるのは拷問だ。快感がほしくて、俺は夢中で腰を振った。

すぐに快感が全身に満ち、限界になる。抑えようのない愉悦が身から溢れると同時に涙も溢れた。

「出る……」

先にジュードが中で達った。奥に熱を注がれ、甘い快感で結合部が震えた。

「ああ……っ」

前を触れられることもなく、後ろと乳首の刺激だけで俺は達った。放ったものが弧を描いて床に落ちる。

いつもは繋がったまましばらく抱きしめられるのだが、今回はすぐに引き抜かれた。そしてソファの前にあるコーヒーテーブルの上に仰向けに押し倒される。

緩んだ入口に、猛りが触れる。すぐに中に入ってくるものだと思ったが、ジュードはそこで動きをとめた。

上から見下ろされ、真剣な表情で尋ねられた。

「俺のことが、好きか」

俺は息を呑んで見つめ返した。

彼が訊いているのは、シリルだ。俺じゃないかもしれない。

好きだと言う資格があるのか、俺にはわからない。

「……好きだと言ってくれ」

黙っていると、焦れたように懇願された。

テーブルの上で脚を開き、男を待っている。そんな醜態をさらしているのに、好きでないわけがないだろうと言ってやりたかった。

「覚えてない。だが……おまえ以外には抱かれていない。それが答えだ」

それがいま俺が言える精いっぱいだった。

「……惨めだな」

ふいにジュードは俺から目をそらし、自嘲的に呟いた。

「いまのおまえは俺に流されているだけだとわかっているんだ……それだけだって……」

そうじゃない。心の中で反論した直後、深々と貫かれた。

「ぁあ……っ、……っ」

「思いだせよ……」

抱きしめられ、切実な声にささやかれる。

「好きだ……好きなんだ」

想いを告げられ、泣きたくなった。

彼が好きなのは本当に俺なのか。彼の気持ちを俺が受けとめていいのか。

俺がシリルでないならば、この男をどれほど好きでも応えてはいけない。

「……すまない。ガキみたいな真似をしているな……」

胸の内に抱えた困惑は、やがて再開した律動によって、つかの間うやむやになった。

五

その夜、入浴を終えて自室へ戻る途中、ハーマンの話し声が廊下のむこうから聞こえた。メイドも使用人も帰ったあとだ。誰と話しているのだろうとそちらへむかうと、ハーマンの前に見知らぬ青年がいた。

彼はこちらに気づくと、ふらふらと近寄ってきた。

「よお、兄貴」

相当酔っぱらっている様子で、呂律《ろれつ》がまわっていない。

「エドワード？」

彼の背後にいるハーマンに視線をむけると、しかめ面で頷く。

「なあ兄貴。金がないんだ。ちょっと小遣いをくれよ」

へらへらと笑いながら手をだしてくる。これが弟か。チンピラに絡まれている気分だ。

「金がない？　きみ——おまえは軍で働いているんだろう。そちらから金が支給されているだろう？」

「そんなはした金、酒代にもならねえよ。なあ、いま兄貴の懐にはどのくらい金が入ってるんだよ。伯爵様はいいよなあ。屋敷も土地も税収も、勝手に入ってくるんだもんなあ。なあ、金をくれよお」

エドワードの手が俺の肩に伸びる。その手が届く前にハーマンがさえぎった。

「エドワード様。先ほどもお話ししましたが、シリル様はいま、記憶をなくされて不安定でいらっしゃいます。お金の話はまた後日」

「記憶がない？　病気か？　じゃあ俺が当主になれるのか？」

エドワードはうひゃひゃひゃと笑い、崩れるように床に寝転がった。

そのまま寝そうな様子だったので、俺は跪き、尋ねた。

「ひとつ教えてくれ。最近ジュードに会ったか」

「ジュード？　ああ、署長か。会ったぜ」

「どうして会った。なにを話した」

「ええ～？　なんだったかな。世間話だろ……」

そんなことより、とエドワードは口の中で何事かもごもご言い、やがて寝息を立てた。

「たまに帰ってくるとこうなのですよ」

ハーマンがため息をつき、彼の脇に腕を差し入れて引きずろうとする。俺も手伝い、ふたりで弟の部屋へ運んだ。

弟の部屋から自室へ戻りながら、改めて弟のことについてハーマンから話を聞いた。

「ギャンブルと酒、コカインの虜《とりこ》なのです。噂によると、阿片《あへん》にも手をだしているとか。金が入るなりすべてをつぎ込んでいらっしゃるようです。前当主、おふたりのお父上様からは勘当を言い渡され、家をだされた状態です。シリル様は彼に同情されて、なんどかお金を渡していたようです。しかし当主になられてからは、彼のためにならないと断っていらっしゃいます」

この国の貴族制度では、親の遺産分与はない。家や土地の財産も税収も爵位も議員職も、すべてを嫡子が相続する。マクノートン家も例外ではなく、五か月前に父親が他界したあと俺がすべてを引き継いだ。そのためエドワードは兄である俺の立場をねたんでいるという話も聞いた。

「相続法か……たしかにほかの兄弟から見たら不平等だな」

そういえばゲームでもそんな話があったようなと記憶を掘り返したとき、雷光が閃《ひらめ》くように唐突に、とある事実を思いだした。

自分が殺される理由だ。

それは、相続問題だ。

ゲーム上では、ジュードはマクノートン家、シリルの養子だった。家の相続のことで揉めて自分は殺害されたのだった。

だが現在、ジュードはウィバリー家の人間だ。

「養子……？」

どうして彼が養子という設定になっていたのか、その辺の説明がゲームにあったかわからない。

どういうことだろうかと考え込んで立ちどまると、ハーマンもこちらを窺うように立ちどまった。

「いかがいたしましたか」

「いや……。貴族で、後継者である嫡子がいるのに養子を貰うってどういう状況だろう」

「そうですね。一般的には、なんらかの事情で嫡子に家を維持する能力がない場合、親族の中から有能な人物を迎え入れたりですとか。あとは最近多いようですが、結婚の代わり、でしょうか」

「結婚の代わり？」

「同性同士で愛する方々の場合です。彼らは法的に結婚が認められておりませんので、その代わりの手段として養子縁組を選択するようです。ただ、トラブルもよく耳にしますがね。財産目当てじゃないかと新類縁者からクレームがあったりするようです」

筋道が、見えてきた。

「……なあ。もし俺が養子を貰って、それで俺が死んだ場合、遺産を相続するのは養子になるのか。それともエドワードか」

「基本的には養子になりますね」

「………」

「ただし、エドワード様がおとなしく受け入れるわけはないですから、財産分与の話しあいにはなるでしょうが」

俺は指が震えるのを自覚し、こぶしを握った。

ゲームではジュードが我がマクノートン家の養子になっていた。ということは、どういうことか。

彼が養子に入った過程は、俺の能力不足ではないだろう。現状を鑑《かんが》みると、恋仲という理由が濃厚だ。

だが俺が殺害される理由はBL的な痴情のもつれではない。相続問題だ。

俺が死んだ後の相続者はジュードになる。

ジュードはウィバリー家の次男で、いまのままウィバリー家にいても相続するものはない。

つまり。彼はマクノートン家の財産を狙って俺に恋人だと偽った。そしていずれ養子になり、俺を殺害する。そういうことではないだろうか。

いくら財産を相続したくても、自分の兄を殺すのは抵抗があるだろう。しかし無関係な俺ならば。学生時代はずっとライバルだったというから、邪魔な存在と思われていてもふしぎではない。

エドワードと密会していたのは、その計画の一環だったりしないか。

彼に抱かれてキスマークだらけの身体。しかし記憶を失った直後はそんなものはなかった。

「ハーマンから見たら……俺とジュードって……恋人には見えなかったんだよな」

「無論です。彼がここへ来たのは、シリル様が記憶を失ったあの日が初めてですし」

そうだ。ジュード以外の誰もが、一貫してそう言っていたではないか。

自分だって初めは信じていなかった。

抱きあうようになってからは、あまり考えないようにしていたが……。

俺は……だまされているのか……？

本人に確認したい。だが訊いたところで白状するわけもない。

どうしたらいいのか。俺はしばし立ち尽くした。


その夜はまんじりともせず、明け方になってうとうとした。朝になったらエドワードにジュードと会ってなにを話したのか訊きだそうと思っていたのに、早朝のうちに彼は出ていってしまったらしい。

失敗したと思ったが、すぐに、訊かなくてよかったかもしれないとも思う。新たな情報を聞きだせたとしても、己の傷を抉《えぐ》っただけかもしれない。

それに事実を聞くなら、ジュードの口から聞きたかった。

俺をだましているのか。すこしも気持ちはないのか。

俺たちは恋人だと言った彼を信じたい。だが、ゲーム上で彼が俺を殺すという揺るぎない事実があり、そこに繋がる道筋が見えはじめている。目をそらし続けることは難しい。

事実を突きつけられるのが怖くて、それから数日、俺はジュードを避けてバーナードたち友人と過ごした。

「ジュードと仲良くなったのかい？」

その日、バーナードと会うと、明るく言われた。

「オペラハウスで一緒にいたのを見たってマイクから聞いたよ」

「ああ……誘われて」

まだ数日前なのに、ずっと昔のことのようだ。

「まあ悪い男じゃないからね。彼もきみが記憶喪失だと知って、気を遣ったのかな」

「……悪い男じゃないと思うか？」

「んー、無愛想だしとっつきにくい感じだけど、意外と親切だと聞いたことがあるよ。あ、そういえば昨日は彼の誕生日だったな」

「そうなんだ。よく知ってるな」

「昨日、市の祭りを一緒に見に行っただろう。学生の頃に、好きだった子をあの祭りに誘ったら、断られちゃったんだよね。その理由が、祭りの日はジュードの誕生日だから、彼を誘うつもりだからって言われて。結局その子も断られちゃったみたいだけど。そんなことがあって覚えちゃったのさ。ほろ苦い青春の一ページよ――」

バーナードがふと気づいたように言葉を切り、俺の顔を窺う。

「なんだか元気ないな。なにかあったかい？」

「いや、なにも。なかなか記憶を思いだせないから、ちょっと気持ちが塞いでいるかも」

ごまかすように言ったら、バーナードは納得して、

「だいじょうぶさ。記憶がなくてもシリルはシリルだ」

と慰めてくれたが、果たして本当にそうなのか。

日本での記憶は新たに思いだしたこともあったが、シリルとしての記憶は依然としてなにひとつ思いだせない。ということはやはり自分はシリルではないのかもしれないという思いが日に日に強まっている。

友人たちは気があう男ばかりで違和感はないし、ジュードのフルートも聴き覚えがあった気がしたが、その程度のことは、自分がシリルであると決定づけてくれるものではない。

ヴァイオリンだって覚えていなかった。貴族としての常識的なことも覚えていない。だが自分がシリルでないとして、それがどうだというのか。

自分が誰であろうと、ジュードとは恋人ではなく、だまされている可能性が高いというのに。

バーナードと別れたあと、俺は仕事のために貴族院議事堂へむかった。

二時間ほどの議会を終え、議事堂の広いロビーに出ると、亜麻色の髪に長身のひときわ目立つイケメンの姿があった。ジュードだ。

俺は思わず歩みをとめた。胸が爛《ただ》れたようにじわりと痛む。引き返そうかと一瞬思ったが、それより早く彼が俺に気づき、こちらに早足でやってきた。

「逃げるなよ」

「逃げてないだろ」

真正面から睨まれる。

「このところ、連絡しても無視される。屋敷に行っても門前払い。なぜ避ける。なにか、気に障ることをしたか。理由を教えてくれ」

黙っていると、焦れたように彼が尋ねてくる。

「俺に飽きたか。連日しつこくしすぎたか」

「そうじゃない」

「だったらどうして」

俺は俯き、ひそやかに息を吐きだした。それから顔をあげ、ぼんやりと彼を見つめる。こうして彼を見ると、やはり好きだと思う。ときめいてしまう自分がいる。

だが、これ以上目を背けることはできない。現実を直視すべきときが来たのかもしれない。

静かに口を開く。

「ジュード。正直に、本当のことを話してくれないか」

心情そのままの、疲れた声が出た。

「俺たちは恋人だとおまえは言ったが、俺たちが抱きあったのってトルコ風呂が初めてだよな。恋人だったたって言うの、嘘だろう？」

ジュードの表情がこわばった。俺の表情や声に、これまでと違うものを感じとったのだろう。なにか言おうとして口を開き、しかしなにも言わずに口を閉ざすと、視線をそらし、髪を搔きあげた。やがて俺の口元の辺りに視線をさまよわせ、観念したように低い声で告げた。

「ああ。恋人というのは嘘だ」

やはり。

なかば覚悟していたことだったが、暗い穴に突き落とされた心地がした。

「だがな、そうなりかけていたのは事実で、だからおまえの屋敷にふたりで——あ、おい——」

俺はそれ以上聞く気になれなくて逃げるように駆けだした。

嘘だったと、その言葉だけ聞けば充分だ。続く言いわけなど聞いたところでよけい苦しくなるだけだ。

追いかけてくるジュードを振り切るように馬車に乗り込み、屋敷に戻る。

覚悟はしていたから涙は出ない。しかし心に受けたショックは大きくて、息が苦しくなった。身体から力が抜け、指一本動かすのも辛い。気力もなく、なにも考えたくなかった。

本人の口から嘘だったと聞かされても、それでも彼を恋しく思う。好きだと思う気持ちは変わらない。この気持ちはすっぱり忘れるしか道はないとわかっても、心変わりなどできないし、すぐに切り替えられるほど器用じゃない。

酒でも飲んで寝てしまうのがいい。酒に弱い身体だから、きっとすぐに意識を手放せる。

二階の亡き父の部屋に強そうな酒があったなと思い、玄関ホールに入り、重い身体を引きずるように階段をあがる。手すりに体重を預けながらどうにか二階まで上りきったところで、こちらへむかってきたエドワードとばったり出くわした。戻ってきたのか。

いま、ジュードの次に会いたくなかった相手で、胃がずんと重くなる。

彼が来たのは俺の部屋の方角だ。そちらに彼の部屋はないのに、なにをしていたのか。

その手には書類を持っていた。

「よう兄貴。もう帰ってきたのか」

赤ら顔で呂律がまわらず酒臭い。また飲んでいたらしい。

「小遣いをくれよ。博打《ばくち》ですっちまって、首がまわらねえんだ。兄貴はいい暮らしをして贅沢《ぜいたく》三昧だろうけど、軍の薄給じゃあ、やっていけねえんだよ」

「勘違いしているようだが、うちには余分な金はない。昨年家を継いだ際に莫大《ばくだい》な相続税をとられたそうだ。それにいまおまえに金を渡したら、すぐにまた博打でするんだろう。博打とクスリはやめろ。身を亡ぼすぞ。酒もほどほどに。そうすれば金に困らない生活になる」

「んだよ。記憶喪失じゃなかったのかよ。ハーマンに入れ知恵されたか。くそ」

エドワードはケッと吐き捨てると、手にしていた書類を乱暴に壁に叩きつけた。

「それは」

「あ？　ああ、そうそう、書斎にお邪魔したら、机の上に置いてあるからさあ。てっきり兄貴が俺にくれてもいいよってだしていってくれたんだろうと思ってよお」

そういえば、土地の権利書を確認している途中で机の上に放置していたかもしれない。うかつだった。

「なにを勝手なことを言っている」

「なぁんだよ。もちろん全部じゃねえよ。ほんのちょっとくらい売り払ったってご先祖様も文句は言わねえよ。けちけちすんなよ。いいだろ」

「いいわけないだろう。返してくれ」

「ごめんだね。これはもう俺のもんだ」

権利書をとり返そうと腕を伸ばしたら、逆に腕をつかまれた。軍で鍛えているだけあって、酔っていても力が強い。

「ハーマン！　誰か！」

叫んでも、助けが来る気配はない。使用人は外で仕事中だろうか。ハーマンは地下室で写真の現像中か。

必死に揉みあううちに床に倒され、首を絞められた。

「う……ぐ」

「素直に金をくれたらこんなことしなかったのによ。悪いが階段から転んで、打ちどころが悪くて死んじまったってことにしてくれよ。そうしたらすべて丸く収まるからさ」

丸く収まるものか。酔いを醒《さ》ませと言いたかったが首を絞められていて声が出ない。

「事故だったってことなら、家の名に傷もつかないだろ。兄貴が憎いわけじゃないんだけどよ。金が必要なんだよ」

息ができなくて意識が遠のく。

誰か。

脳裏にあの男の面影が浮かんだ、その刹那。

階段を駆けあがる音が聞こえ、ぐえっとカエルが潰れるような声をだして弟が吹っ飛んだ。身体を解放され、咳《せ》き込《こ》みながら息を吸う。

見ると、ジュードがいた。弟を押さえつけ、後ろ手に手錠を嵌めている。

「エドワード・マクノートン。殺人未遂及び暴行の現行犯で逮捕する」

なぜここに。俺を追ってきたのか。

「シリル様？」

階下でハーマンの声。ようやく騒ぎに気づいて地下室から出てきたか。

酸欠で朦朧《もうろう》としつつ階下を見下ろそうとしたら、めまいを起こして身体が傾いた。

ちょうどそこは階段の降り口。あ、と思ったときには頭から階段を転がり落ちていた。

「シリル！」

ジュードの叫び声。身体が一回転したあとに後頭部をしたたかに打ち、強い痛みが走る。

その瞬間、火花が散ったように記憶がフラッシュバックした。

この屋敷での子供の頃の記憶、ヴァイオリンの練習風景、弟や両親の記憶、学生時代のジュードの面影。

そして記憶をなくす前の、ジュードへの気持ち。

「シリル！」

「シリル様！」

俺の名を呼ぶ皆の声が聞こえる。

ああ、そうだ。

俺はシリルだ。

別人じゃない。中身が入れ替わったわけじゃない。シリルとして、この地で生きていたのだ。

日本の記憶は、最初に自分で予想した通り、頭を打った拍子に思い出した前世の記憶だろう。

膨大な記憶の復活に頭がショートし、階段の途中でうずくまったまま動けずにいると、ジュードが駆け下りてきた。

「だいじょうぶか」

抱き寄せられると、彼の胸に硬い感触があった。目をむけると、上着の内側に拳銃らしきものが見えた。

ハーマンや使用人も駆けつけてくる。彼らにジュードが指示する。

「警察に連絡を。それとシリルに医者を呼んでくれ」

「いや……俺はだいじょうぶ」

俺は右手を軽くあげて制止するジェスチャーをしつつ、深呼吸をした。それから後頭部を押さえながら身を起こす。

「それよりエドワードは」

「気絶している」

階段をあがってみると、たしかにエドワードは気絶して横たわっていた。ジュードが縄をくれと言うので使用人に持ってこさせると、彼はそれでエドワードの足を縛りはじめる。用心のためだという。男の背を見下ろしながら、俺は尋ねた。

「手錠なんて、いつも持ち歩いていないよな。拳銃も」

ジュードは答えず、黙々と作業をしている。

「どうして」

重ねて問うと、渋々といったふうに返ってきた。

「用心のために。エドワードが近々行動を起こすかもしれないと思っていた」

「どういうことだ。こうなることを知っていたのか」

「仕事柄、いろいろ情報が入ってくる。先月だったか、こいつが不穏な言動をしていると小耳に挟んだんだ。それで、考えを改めさせようと何度か会った」

彼が作業を終え、立ちあがってこちらを振り返る。

「弟がよからぬことを企んでいるなんて、おまえに知らせたくなかった。だから先日、おまえやマロンに訊かれたときはとぼけた」

俺はジュードを見つめ、それから弟を見下ろした。

記憶をとり戻した俺は、弟が自堕落な生活をしていることは知っていたし、いずれこうなるかもしれないことは薄々察知していた。悲しくはあるが、驚きはなかった。

無意識に首をさする。

「痛むか」

「いや。平気だ」

かすかに首を振りながら答えたとき、

「あ」

思いだしたことがあった。俺は顔をあげた。

「ジュード。昨日が誕生日だったらしいな」

「ああ。そうだが」

「いくつになった」

「二十六だ」

「そうか……そうか……。どういうことだ……」

「なにがだ」

「いや、なんでもない」

しばらくするとジュードの部下たちがやってきて、エドワードを連れていった。

俺は現場で警官たちに状況を説明した。ジュードもそばで聞いていたが、事情聴取を終えると、ジュードは部下たちと共に玄関へむかった。

「帰るのか」

ジュードが帽子をかぶりながら振り返る。

「いていいのか」

俺はちょっと考えてから言った。

「話したいことがある。仕事を終えたら来てくれ」

「わかった」

ジュードを見送ると、俺はすぐさま馬車でマロン探偵事務所へむかった。

事務所には助手だけで、探偵は不在だった。しかしそろそろ戻るはずだということで、事務所内で待たせてもらう。

だされた紅茶を飲みながら、俺は思いだした記憶を静かに反芻《はんすう》した。

記憶を失う前は、前世の記憶がなかった。頭を打ったときに現世の記憶を失い、前世の記憶を思いだした。いまはどちらの記憶もある。

思うのは、ジュードのことだ。

ジュードとおなじように、俺も学生時代はずっと彼を意識していた。いつからかそれが恋だと自覚したけれど、打ち明けることなどできずに卒業し、昨年の父の葬儀のときに彼から話しかけられたのがきっかけで時々会うようになった。そして彼から告白され、それを機に毎日のように口説かれた。

それまでの関係や照れもあり、俺も好きだとはなかなか口にできず、だが態度から気持ちは伝わっていて、キスを交わした。記憶をなくしたあの日はいよいよ覚悟を決め、抱かれるつもりで屋敷に誘い、その前に身体を清めようとジュードを部屋で待たせてひとりで浴室へむかったところで転んだのだった。

ジュードは、俺たちは恋人同士だと言った。そして、それは嘘だったとも言った。

記憶をとり戻したいまの俺には、どちらも間違いではないと思えた。

俺ははっきり口にだして想いを伝えていなかったが、恋人だと言ってもおかしくない関係だった。記憶を失う直前、抱きあおうとしていたのだから。

だが同時に、きちんと気持ちを確かめあった状態ではなかったし、抱きあう寸前だったとはいえ未遂だったわけで、自信をもって恋人だと宣言できる関係でもなかった。

ジュードの言っていたことは、正しかった。エドワードの件以外は嘘をついていない。

そこまで考えたとき、隣室から探偵の声が聞こえた。

「ただいま」

どうやらそちらにも出入り口があるらしい。

「あ……マ、マロンっ。マクノートン伯爵がそちらにお見えですっ」

助手の焦ったような声と、奇妙な間。初めてここを訪れたときの、彼らの恋人のような雰囲気を思いだした。間の悪さを覚えつつ、俺は隣室に聞こえるように咳払《せきばら》いをした。

間もなく探偵が応接室へやってきた。普段と変わらぬ様子である。黒猫があとからついてくる。

「お待たせしたようですね。なにかお話があるとか」

俺は探偵と助手の関係を頭から追いやり、立ちあがってあいさつした。

「今日はジュードの尾行はしていなかったのですね」

ふたたび椅子にすわりながら尋ねる。探偵もむかいの椅子にすわり、黒猫を膝の上に乗せる。

「今日は私ではなく、もうひとりの助手がついておりますが。なにかありましたか」

俺は今日あった出来事を簡潔に話して聞かせた。そして、記憶を思いだしたことも話した。

「それはそれは。災難でしたね。しかし記憶を思いだされたのはよかった。署長が殺意を抱く理由はわかりましたか」

「いいえ。その前に、ゲーム——前世の物語のことで、ひとつ、思いだしたことがあるんです」

「ほう。それは？」

「犯行当時のジュードの年齢が、二十五歳だったことなんです」

些細なことだったのでそれまで気にも留めていなかったが、ゲーム上での彼の紹介は二十五歳だった。

「だが、彼は昨日誕生日を迎え、二十六歳になりました。まだ俺を殺してないのに」

「物語と違うことになっている、と」

「弟が殺人未遂で逮捕されるなんて話もありませんでしたし。それに……記憶をとり戻しましたが、ジュードが俺をだましているというのは、どうにも考えられないんです」

記憶がないときには、欺かれている可能性に心が揺らいだ。しかし、記憶をとり戻したいまは、彼が自分をだまして殺すなんてありえないと断言できる。そんなことをするような男ではない。

探偵が目を閉じ、髭の剃り跡が濃い顎を撫でる。

長い時間そうしていたが、やがて目を開け、こう言った。

「私の助手は小説家なんですがね。なかなか人気なんですよ。以前にも話しましたか、ギルバート・グローブスという筆名なんですが、ご存じですかね」

「探偵小説や歴史小説を発表なさっている……」

「そう、いやはや、伯爵もご存じでしたか。もし彼の本をご購入されたら、サインを入れて差し上げることもできますよ」

「はあ……」

「まあそれはさておき、彼が発表した作品の中では探偵小説がとくに人気で、ファンが多いんですがね。その登場人物たちを好きに書いた創作小説というものを、ファンのひとりが発表しているらしいんですよね」

「はあ……好きに書いた創作小説……？」

「ギルバートが書いた探偵小説は純粋な推理ものですが、ファンの書いたものだと、主人公たちはあまり推理をせず、禁断の恋愛をしていたりですとか」

「はあ……。あ？」

いったいなんの話かと思いつつ聞いていたが、彼の言わんとしていることに気づいた。好きに書いた創作小説。それってつまり、二次創作のことか。

「世界観と登場人物が一緒で、でもべつの物語が存在する……」

探偵が頷く。

「そう。いまお話しした創作小説と一緒で、この世界は、あなたがご存じの物語の世界ではなく、その物語に似たべつの世界という可能性も考えられますねえ」

「…………」

そういえば、妹が言っていたではないか。「二次創作ないかな」と。

「二次創作……あったのか」

ここはゲームの世界ではなく、その二次創作物の世界——かもしれない。

俺がジュードに殺されない世界、なのかもしれない。

そういうことか、と愕然《がくぜん》とする。

「だから……いろいろと違う点があるのか……」

ここがゲームそのものの世界ではなく二次創作の世界だというのならば、登場人物がおなじなのに思考や行動が違うのは理解できる。

「わかりませんが。いずれにせよ、あなたが殺される運命は回避できたのでは」

そうだ。ここが本家のゲームの世界だったとしても、ジュードの年齢が変わっていることから、殺される時期は過ぎている。

つまり、もう心配する必要はないのだ。

俺は脱力して天井を仰ぎ、ははは と乾いた笑いを漏らした。

探偵が微笑む。

「署長の調査はもう終了ということでよろしいですかな」

「……ええ。ありがとうございました。ところで」

ふと探偵と助手の関係についての思いが浮かんだ。ゲームでは純粋なビジネスパートナーのように見えたが、この世界での彼らはそれだけには見えない。それも二次創作ゆえなのかと訊きたくなった。が、そんなことを訊かれても探偵も答えようがないだろう。

「なにか」

「いえ、なんでも。またなにかあったときはお願いします」

俺は探偵に小切手を渡し、握手を交わして事務所をあとにした。

帰りの馬車の中、俺は放心状態だった。

今日はいろいろありすぎた。頭も身体も疲労困憊《こんぱい》だ。すこし頭の中を整理するためにも帰ったらゆっくり湯に浸《つ》かり、ぐっすり眠りたいところだ。

しかし、まだやりたいことがひとつ残っている。

ジュードに会いたい。

彼に伝えなければ。それまでは眠れない。

帰宅し、いつもより多めに湯を入れたバスタブに浸かってさっぱりしたあと、早めの夕食をとってまもなく、俺は馬車で警察署へむかった。

ジュードには仕事を終えたら家に来るように言ったが、待ちきれなかった。

署へ入り、来訪を告げて待合で待っていると、彼が廊下の奥からやってきた。

黒の三つ揃いスーツでさっそうと歩いてくる姿。改めて目にすると、胸がざわめいた。

さっき見たばかりなのに、なぜか懐かしいような気持ちになる。

俺はいつも、彼を見てはこうしてときめいていたんだ。

「どうした」

ジュードはいつも通り、ぶっきらぼうな様子で俺を見下ろしてくる。

俺は眩しいものを見るように目を細めて見あげた。

「待ちきれなくて、迎えに来た。仕事は終わりそうか」

「遅くなったが、いま終わった。コートをとってくるからちょっと待ってろ」

コートを羽織って戻ってきたジュードと署を出て、馬車に乗る。外は暗く、ガス灯がともりはじめている。

「どこへ行くんだ」

「うちへ」

並んですわっているため、彼の脚や腕が視界の端に映る。記憶を失う前、初めて自宅へ誘ったときもこうして馬車に乗ったのだった。あのときとおなじように、いまも緊張しはじめている。

俺の緊張が伝わったか、彼もそれ以上話しかけてこようとせず、ふたりとも黙って馬車に揺られた。

屋敷へ着くと、俺は応接室へは行かず、まっすぐに階段へむかった。階段の手前でちらりと後ろを振り返る。彼の青い瞳が、真意を窺うように俺を見つめていた。

「俺の部屋へ来てくれ」

階段を上りだすと、彼も黙って後ろをついてきた。

自室に入り、彼には椅子をすすめ、それにむきあうように俺はベッドに腰かけた。

ジュードが肩をすくめた。

「いったい、どうした。俺を部屋に入れるなんて」

もったいぶることではないが、緊張してすぐに言葉が出てこなかった。

俺は深呼吸し、彼の目を見て静かに口を開く。

「思いだしたんだ。全部。おまえのことも」

彼の目が見開かれた。

「……本当に？」

「ああ」

「いつ」

「階段を落ちて頭を打ったとき」

ジュードが顔をしかめる。

「俺もいたじゃないか。なぜすぐ言わなかったんだ？」

「混乱していて。落ち着いて考えたかったのと、ちょっと確認したいことがあって」

「確認？」

「ああ。それはもう終わった」

俺は胸に残った息をすべて吐きだし、太腿に両手をついて頭を下げた。

「で、その。記憶をなくしているあいだ、いろいろ、すまなかった。俺を殺す気だろうと言いがかりをつけたり、おまえの気持ちを疑ったりして」

彼の気持ちを想像すると、気が気ではなかっただろうと思う。記憶を失う前の俺たちは、最高潮に気持ちが高まっているところだったのだから。

静かな空気が流れる。一拍置いて、ふっと笑われた気配がして顔をあげると、彼がうっすらと口角をあげて微笑んでいた。

「疑いは、晴れたんだな」

「ああ」

「なら、よかった」

彼が安堵した様子で息をつく。そして天井を見あげる。

「本当に、よかった……」

ひそやかな声でもういちど呟くと、俺に顔を戻した。照れ臭そうな、柔らかな表情を見せられ、なぜか涙が出そうになった。

彼がゆっくりとこちらへ歩み寄り、となりに腰かけた。彼の重さのぶんベッドが沈み込み、俺の身体もそちらへ傾いてしまう。彼の腕が背後から俺の肩にまわされる。だが抱き寄せられる前に俺は身体を踏ん張った。

「ま、待て」

彼の腕が動きをとめる。

「もうひとつだけ、言いたいことがあるんだ」

「……なんだ？」

尋ねてくる声が、ひどく優しい。

甘い雰囲気を察し、にわかに心臓が高鳴る。極力となりを意識しないようにしつつ、俺は自分の膝にあるこぶしを見つめた。このまま流されてするのではなく、自分の口で言いたかった。気持ちを込めて息を吸う。

「その。記憶を失う直前のこと、覚えているか」

「当然だ」

ジュードの声が柔らかく耳に届く。

「大事な話があると言われて、この部屋に連れてこられた。上着を脱いで寛《くつろ》いでくれと言われて、その通りにして。先日のキスの続きをしようと言われて、ベッドに誘われて。キスをしてここに押し倒して、服を脱がせようとしたら、やっぱりちょっと待て、身体を洗ってくると止められて、待っていたら階段のほうからすごい音が聞こえてきて、行ってみたらおまえが階段の下で倒れていたんだ」

「細々と……よく覚えているな」

「まあな」

「それで、な」

俺は恥ずかしさを堪えて、できる限り普段の口調で告げた。

「あの続きをしよう」

顔をむけようとしたら、それより先に彼の顔が近づいてきて唇を重ねられた。

優しいけれど、熱のこもったキス。彼の愛情を感じとり、どうして疑うことができたのだろうと思いながら唇を開き、彼の舌を迎え入れる。

しばらく互いの唇を味わったあと、そっと唇が離れ、至近距離から目をあわせられる。

「改めて、初夜からやり直しだな」

初夜などと言われて耳が熱くなる。

耳朶《じだ》を甘噛みされながら、服を脱がされる。俺も手を伸ばして彼の服を脱がし、ふたりともすべての服を脱ぎ落とすと、もつれるようにベッドに倒れ込んだ。

「待て……」

ベッドの中央へ移動しようとしたら背後から抱きつかれ、横向きにベッドへ倒れる。

後ろから顔を覗き込まれ、こちらも首を捻って振り返ると、くちづけられた。

キスをしながら乳首を弄られ、中心を刺激される。中心を触れていたほうの手はやがて入り口に触れ、指が中に潜り込んできた。

「あ……ふ……」

そこは快感を期待してすぐに緩み、男を迎え入れる準備に入る。

記憶をなくしてからは、この身体の感度がいいのはジュードに慣らされているせいだと思っていた。

だが実際は、抱きあったことなどなかった。

初めから後ろで感じていたことを改めて思うと、恥ずかしくて顔から火が出る思いだ。

それだけ俺が快感に弱いのか、ジュードとの相性がいいのか。

「なんで、俺……こんなに……。全然、痛みもなくて……」

「感じるのかって？」

キスの合間にとまどいを漏らすと、笑いを含んだ声が返ってきた。

「そりゃあ、俺が好きだからだろ」

当然のことのように言われ、顔が熱くなる。

「俺たちは凸と凹だと言っただろ。心だけじゃなく、身体もそうだったんだろ」

ぐっ、と指先が奥を擦る。そうしながら中を広げる動きをする。骨ばった関節が粘膜に当たるたび、腰がびくびくし、声が出そうになる。指だけでも気持ちいい。だがもっと逞しいものがほしくて、指を咥えている粘膜が、先を急かすように勝手にひくついた。

「ここ、俺をほしがってるな……」

中がひくついていることは、当然彼の指にも伝わった。嬉しそうに、楽しそうに言い当てられ、俺は恥ずかしさにシーツを顔を埋め、顔を真っ赤にしながら、やけくそのように告げた。

「早く……」

指が引き抜かれ、代わりに彼の猛りが入り口に当たる。

「ああ。俺も早く繋がりたい」

熱く逞しい先端が背後からゆっくりと中に入ってきた。先端だけでなく太い茎も粘膜を広げ、擦りながら進んできて、満ちてくる。すべてが収まると、後ろから抱きしめられる。身体が馴染むまでのつかの間の静止。

「……、は……」

背中に彼の胸が密着し、心音が伝わる。抱きしめる腕も手も下腹部も、すべてが熱い。繋がっているところからも互いの熱が伝わり、ひとつになっていることを実感する。

ずっと焦がれていた相手とこうして身体を重ねられる喜びに、俺はひっそりと涙を零した。

「ジュード……また記憶を失う前に言っておきたいことがある」

身の内にいる彼の猛りを意識し、背中に彼の速い鼓動を感じながら、ささやく。

「俺、おまえのことが、好きだからな」

俺を抱きしめる男の手に、自分の手を重ねる。

「おまえが俺を想うように、俺もずっと、想っていたんだ」

彼の唇が、うなじに押し当てられた。

「……助かる。これで、次におまえが記憶を失ったときは、自信をもって恋人だと教えられる」

ジュードが背後で嬉しそうに呟き、律動を開始した。

もう何度も抱きあっているのに、記憶をとり戻して最初のセックスは、まるで初めてのような感動を覚えた。彼の先端が奥のいいところを突くたびに、快感で腰が甘く蕩ける。

「あ……っ、ぁ…ん…っ」

記憶をとり戻したことで感極まっているせいか、身体はやたらと感じやすくなっていて、すぐに甘い声を堪えきれなくなった。

「シリル……可愛い」

思わず声に出た、といった感じのセリフが耳に届いた。

恥ずかしくなり、なにを言っている、俺のどこがと反論したいが、身体を揺すられ、甘い鳴き声しか出てこない。

ジュードが俺の上側の脚を抱えた。脚を広げられるいやらしい格好。そうされながら突かれると中の角度が変わり、それまでとは違う刺激を覚えた。中が喜び、いやらしくうね

っているのを感じる。シーツを握り締め、与えられる快感に耐える。

「今日はまた……一段と、具合が…すごいな。中、どうなってるか……、教えようか」

ジュードが抜き差ししながら興奮した声で実況しようとする。俺は喘ぎながらそれをとめた。

「言…わなくて、いい…っ、ぁ……っ」

自分でもわかっている。奥に引き込むように吸いつき、楔を離そうとしない。奥を突かれると喜んで全体がひくつき、入り口はびくびくと震えている。

淫らな身体を指摘されるのは恥ずかしい。だがそれで彼も感じているのだと思うと嬉しくもあった。

うなじを噛まれ、乳首を弄られたかと思うと、戯れのように前も擦られる。様々な愛撫で翻弄《ほんろう》され、いつもより早く高みへ上りつめた。

「あ……、もう、達く――」

まだ挿れられてから間もないのに、快感が全身に満ちてしまい、我慢することもできず射精した。達きながら、粘膜が中に収まる猛りを締めつけるような動きをしているのを感じた。彼が低く呻き、俺の腰を抱えながら身を起こす。

今度はうつぶせで、膝をつき、腰だけ高く掲げる格好で抜き差しされる。

「ま、待て」

「待たない。立て続けにされるの、好きだろ」

「あ、あ、ぁ、……っ」

突かれるたびに嬌声をあげてしまう。達ったばかりで中はまだびくびくと震えているのに、感じやすくなっているところを容赦なく突き入れられ、神経が焼き切れそうになる。我を忘れるような快感に、まぶたの奥で火花が飛ぶ。

熱くてたまらない。気持ちいい。すごくいい。変になりそうだ。

「あ、ぁ、あ……っ、そこ……っ」

「ああ。ここ、いいだろ」

「ん……、いい……っ、ぁ、ん」

「やらしいな、シリル……いやらしくて、可愛くて……最高」

ジュードも、いつもより興奮しているようだった。彼の零す熱い吐息も、結合部から溢れるいやらしい音も、すべてに快感を覚え、興奮する。律動は次第に激しくなり、おかしくなるほど強い快感が押し寄せてくる。腰がぞくぞくと震え、内腿に力が入る。俺は泣きながらふたたび限界を告げた。

「あ、だめ……、ぁ、あ……んっ、また、達っ……っ」

「俺も……」

ひときわ深く貫かれ、奥にたっぷりと熱を注がれた。体内に収まるものの全体が小刻みに震えているのを粘膜で感じ、その刺激にも快感を覚え、つま先をぷるぷると震わせながら俺も熱を放つ。頭が真っ白になるような解放感。

俺は脱力してベッドに沈んだ。その上にジュードが重なってくる。楔は繋がったままだ。すぐには息が整わない。真っ白になった頭も、なかなかまわらない。

ひたすら心地よい解放感と男の重さに幸せを覚えながら息を吐く。うなじや耳にキスの雨を降らされ、すこしずつ心身がクールダウンしていく。

ジュードはいつまでも身体を離そうとせず、好き勝手に人の身体にキスをし続けている。

俺はふと頭に思い浮かんだことをぼやいた。

「なあ、そういえばさ。俺たち、抱きあったことなかったのに、おまえ、さもそんな事実があったかのように装って俺を抱いたな。おれはてっきりそんな仲なんだと思ってゆだねたのに」

怒っているわけではないが、ちょっと言ってやりたくはなった。

俺の後ろ髪にくちづけていた男の動きがぴたりととまる。

「それは……だけどな、あんなの……おまえに誘われて、拒めるわけないだろ。恋人とだと主張した手前、抱いたあとで、じつは、なんて言いだすこともできない。初めてのとき、いいのかと事前に尋ねたぞ」

苦し気な言いわけに、俺はこっそり笑った。

「抱きあったことがないのに、思いだせるわけがなかったよな」

「俺もそれについては、黙っていることに罪悪感は感じていた。悪かったよ」

俺は声にだして笑った。首を捻って振り返り、キスをする。

「もういちど、するか」

「もちろん。全然足りない」

夜更けまで抱きあい、そのまま俺の部屋で一緒に眠りについた。


屋敷の中庭に、ヴァイオリンの音色が響く。

俺の演奏である。

記憶を思いだしたら、弾き方も思いだした。記憶がないときに弾けなかったのは、あれはたぶん、密着したジュードを意識しすぎていたためだろうと思う。

G線上のアリアを奏でていると、ジュードがフルートであわせてきた。

彼が演奏すると、静かな曲なのに切なくも情熱的に聴こえる。

彼は才能がないと言っていたが、そんなことはない。俺よりもずっと、感情を音で表現する能力に長《た》けている。

俺は早々に演奏をやめ、フルートを傾聴するに徹した。

「なぜやめる。一緒にやりたかったのに」

一曲終えると、ジュードが不服そうに言った。

「悪い。聴きたかったんだ」

俺が笑ったとき、ハーマンがやってきた。

「シェパーズパイが焼きあがりましたよ」

春である。日差しは暖かく、コートもいらない。バラが芽吹き、ミモザが花咲き、外での食事が楽しい季節だ。

楽器を置いて中庭のテーブルにつき、ふたりで昼食をとる。

ハーマンが後ろに控えて給仕をしてくれる。

俺が記憶をとり戻して一か月が過ぎた。

ハーマンには、ジュードの殺意の件は俺の誤解だったと話した。恋人になったことも打ち明けた。

政敵の家の者ということで、打ち明けたときはあまりいい顔はされなかったが、この一か月でだいぶ打ち解けてきている。互いに、癖はあるが悪い男ではないと認識したようだ。

弟のほうは数年の刑期を終えたら、更生施設に入所してもらう手筈《てはず》になっている。そこで酒と博打、クスリから縁を切り、新たな人生を歩んでほしいと願っている。

いまはまだ無理だが、いつか弟が更生したら、財産分与について話しあう席を設けようとも思う。

そして俺は今後、議員としては相続法の改正について議会に働きかけていきたいと思う。

ついでに恋人に対しては、チェスの腕をあげようと目下ひそかに特訓中だ。

パイを食べながら、俺はこのところ訊きたいと思いつつも訊けずにいたことをさりげない口調で尋ねた。

「おまえ、俺の養子になりたいと思ったりしてないか」

もう殺害される心配はない。わかっているが、いちおう確認のために聞いておきたかったのである。

「マクノートン家に、俺が？　どうして急に」

キョトンとされてしまい、俺は視線をさまよわせる。

「いや、ほら……同性の恋人はそういう手法をとるとかって……」

まだ疑っていると思われたらよくないので、理由を言った。するとジュードが真面目に考えはじめる。

「おまえがそれを望むなら考えなくもないが……そうなると、ウィバリー家にスペアがいなくなるからな。兄になにかあった場合、どうするか……」

「いや、本気にするな。試しに訊いただけだ。忘れてくれ」

手を振り、パイを頬張る。ジュードがフォークを置き、にやりと笑った。

「忘れるわけがないだろう。籍を入れてほしいほど俺に惚れていると白状したんだからな」

そういう理由で訊いたわけではないのだが。

だが、そういうことにしておくのが平和な解決法なのだろう。

「そうさ。俺はおまえに惚れてる。悪いか」

「悪くないな」

ジュードが立ちあがる。

「互いの立場上、おまえの熱烈な求婚を受けることは難しそうだが、俺もおなじ気持ちだ。お詫びとお礼を兼ねて一曲」

ジュードがフルートを持つ。

柔らかな風が頬を撫でていく、穏やかな午後のひととき。俺は紅茶を飲みながら恋人の奏でるフルートの音色に耳を傾け、幸せに満たされて目を瞑った。

あとがき

こんにちは。

「転生したら殺人犯に恋人宣言されました」いかがでしたでしょうか。

十九世紀末のロンドンっぽい舞台というのが私には新鮮で、書いていてとても楽しかったです。できることならこの舞台をもういちど使ってスピンオフを書きたいなあなんて思って、もし書くなら主人公は誰にしようかしらと想像してみたんです。真っ先に思い浮かんだのはマロン探偵と助手。でもマロン探偵のビジュアルがね……。しもぶくれで髭の剃り跡が濃い攻め……うーん。

マロン探偵、なぜ栗にしたかと言うと、主人公が「ゲームをプレイしていないけど覚えている」という設定なため、探偵を印象的なキャラや名前にする必要があると思ったからです。いま思うと、ふつうの人でよかったな……。

マロン探偵は無理っぽい。とすると、次に白羽の矢があがるのは執事のハーマン。しかしこの人も癖が強くて。エッチなシーンで時間を計ったり写真を撮ったりして、恋人にも読者にも引かれそう……。難しいなあ。

さて。今回のイラストは笹原亜美先生です。このあとがきを書いている現在、挿絵を描いていただいているのですが、たぶんマロン探偵の描写にとまどわれているのではないかと思います。先生、ごめんなさい。たったいま、シリルとジュードのキャララフを見たところですが、ふたりともとても格好よく、素敵に描いてくださって感激です。見本ができるのが待ちきれません。本当にありがとうございました。

最後に編集担当者様はじめ、関係者の皆様、ありがとうございました。
そして読者の皆様、最後までお付き合いいただきありがとうございました。
それではまたいつかどこかで。

二〇二二年一月　　　　　　　　　　　　　　　　　　松雪奈々

松雪奈々先生、笹原亜美先生へのお便り、
本作品に関するご意見、ご感想などは
〒101-8405
東京都千代田区神田三崎町2-18-11
二見書房　シャレード文庫
「転生したら殺人犯に恋人宣言されました」係まで。

本作品は書き下ろしです

CHARADE BUNKO

転生《てんせい》したら殺人犯《さつじんはん》に恋人宣言《こいびとせんげん》されました

2022年3月20日　初版発行

【著者】松雪奈々《まつゆきなな》

【発行所】株式会社二見書房
東京都千代田区神田三崎町2-18-11
電話　03(3515)2311［営業］
　　　03(3515)2314［編集］
振替　00170-4-2639
【印刷】株式会社 堀内印刷所
【製本】株式会社 村上製本所

落丁・乱丁本はお取り替えいたします。
定価は、カバーに表示してあります。

ISBN978-4-576-22028-4

https://charade.futami.co.jp/

CHARADE BUNKO

今すぐ読みたいラブがある！

松雪奈々の本

ああ神様、ラッキースケベをありがとう！

ネコ耳隊長と副隊長

イラスト＝鷹丘モトナリ

近衛第二中隊隊長のマティアスはサド気質でありながら端麗な容姿と抜群の出自と能力でモテまくる完全無欠の男。そんなマティアスがうっかり猫を助けたら、恩返しとばかり耳と尻尾を生やされてしまった！　異変にいち早く気づいた副隊長のイェリクは、発情してしまったマティアスに抱いてほしいと頼まれて…。

CHARADE BUNKO

今すぐ読みたいラブがある!

シャレード文庫最新刊

正妻VS愛人。仁義なき愛情争奪戦勃発!?

鬼に嫁入り

～黄金鬼と闘うお嫁様の明るい家族計画!?～

牧山とも 著 イラスト＝周防佑未

金鬼の首領・藍堂の伴侶となった維月は愛する人の子を授かるべく規格外の夫の楔を昼夜問わず受け入れ、妊活に勤しんでいる。幸せいっぱいのある日、結婚祝いに黄泉神の静闇と淫鬼の香艶がやってきた。藍堂と香艶のただならぬ様子を目にした維月は、静闇を巻き込んで初めての家庭内別居に突入することに!?